문학과지성 시인선 590

내 사랑을
시작한다

이린아 시집

문학과지성사

문학과지성 시인선 590
내 사랑을 시작한다

초판 1쇄 발행 2023년 9월 20일
초판 2쇄 발행 2024년 3월 8일

지은이 이린아
펴낸이 이광호
주간 이근혜
편집 유하은 김필균 이주이 허단 방원경 윤소진
마케팅 이가은 최지애 허황 남미리 맹정현
제작 강병석
펴낸곳 ㈜문학과지성사
등록번호 제1993-000098호
주소 04034 서울 마포구 잔다리로7길 18(서교동 377-20)
전화 02)338-7224
팩스 02)323-4180(편집) 02)338-7221(영업)
대표메일 moonji@moonji.com
저작권 문의 copyright@moonji.com
홈페이지 www.moonji.com

ⓒ 이린아, 2023. Printed in Seoul, Korea

ISBN 978-89-320-4214-5 03810

지은이는 2020년 대산창작기금을 수혜했습니다.

문학과지성 시인선 590

내 사랑을 시작한다

이린아

시인의 말

정말로 잊을 수 있다면,
네 상처를 포기할 수 있니?

2023년 9월
이린아

내 사랑을 시작한다

차례

시인의 말

3부 혼자 마를 줄도 아는걸요

4부 나는 복숭아를 좋아해요

해설

1부
방 안에 숨겨놓은 타인

노을

나는 노을을 좋아해
노을이 지면 내 그림자는 가장 길어져
한참을 엎드려 있었던 사람처럼

이때만큼 내가 가장 어두울 때도 없지
나의 가장 긴 그림자를 보지만
햇살은 그 어느 때보다도 나와 가까워

나는 그게 고마운 것 같아

많이 기다렸지
이제 와서 미안해

숨기는 옷

숨기는 옷으로
성별이 생긴다.

부끄러운 옷.

숨기는 옷에서는 끝의 냄새가 난다. 아슬아슬한 말끝
에 입는 옷, 단단하게 늙은 늑골이 물렁해진 끝.

버클에는 뭉개진 립스틱과 색 바랜 빨래집게, 뒤집힌
베갯잇, 올 나간 스타킹 같은 무심한 하녀들만 걸렸다. 혼
자만 보기로 하고 방 안에 숨겨놓은 타인. 거울은 옥상
위 늘어진 빨랫줄의 텅 빈 미열을 비췄다. 정원에는 자갈
이 많았다. 자갈은 스스로 정원을 유혹하지 못하지만, 변
명을 둘러대며 굴러다녔다. 자갈을 굴리지 말아줘, 흥에
취하면 정원은 꼼짝없이 타버렸다.

수염을 기르고 오른쪽 젖가슴을 용감하게 잘랐다. 멋
지게 활을 쏘려면 시끄럽게 울지 않아야 하니까. 오락가
락하던 창살이 기어코 터져 나오지 않도록 숨기는 의자

가 있고 종아리가 있다. 빨랫줄에 걸린 두 개의 생식기. 달팽이가 느린 건 사랑도 해야 하고 전쟁도 해야 하기 때문이다.

오늘은 그네를 타고 여름 별장에 다녀올 거야. 매끈한 팔짱을 끼고 하얗고 검은 털을 가진 말을 타고 신문지에 둘둘 말아 숨겨놓은 옷들을 어른스럽게 꽉 쥐고.

최초의 공연

소리를 지르고 팔을 흔들고
물건을 던지고, 그 물건 뒤로 달아나는
주목은 숨는 것과 같아

커다란 바위의 구석이나
선인장 가시의 끝,
함부로 분간을 갖고 노는
나뭇가지는 최초의 무대였을 거야
그건 음악이 깃든 가지와
그 위에 앉은 새로부터 탄생했을 거야
한 사람을 세우고
나뭇가지처럼 경쾌하게 흔들려야 하는,
월력을 공수해 줄곧
한 사람에게만 퍼부어대는

예수와 부처는
무수한 화살을 돌려세우거나
비껴가게 만들었지

그러니까, 배역을 벗어나선 안 돼
혐오는 방백의 독백이고
애도는 최초의, 유일한 관중이었을 거야
밤이 할퀸 곳만 벌겋게 쓰라려서
또 오래된 결말이야

조명을 쏜다는 말,
그건 화살에서 빌려 왔을 것이므로
여기까지야
나를, 쏴줘

동물원

단지 나에게 자꾸 말을 시켰지만 어떤 말도 생각나지
않았던
　나를 수없이 두드리던 그 창 앞에
　뱅뱅 돌던 등 돌린 동물만 있습니다

　나는 전혀 의도되지 않았으나
　빼앗긴 먹이처럼 마주치기 싫었던 솜사탕의 깔깔거림
처럼
　우스꽝스러운 흉내들로 나는 의도되었고
　굽이 반만 남은 건너편의 늙은 말처럼
　내 줄은 절뚝거렸습니다

　두 손이 없어 얼굴을 가릴 수 없었고
　땅을 딛는 네 발은 반의반만 도망칠 수 있었습니다

　공중에 둥실둥실 떠 있는 저 공룡은 아이의 손에서 빠
져나갈 길이 없고
　내가 등을 돌리면 어른들은 나를 설명하는 표지판을
읽습니다

나는, 도대체, 누구와 이별 중입니까?

나는 단지
초원을 건방지게 달려가는
겁 없이 어린 작은 동물로

땅을 딛는 네 발은 반의반만 도망칠 수 있었습니다

두드리지 말고
나를 부디, 읽어주세요

양동이

그해 여름 양동이 속에
머리를 넣고 살았다
양동이는 늘 밖에서부터 우그러진다

우그러진 노래로 양동이를 펴려 했다
그때 나는 관객이 없는 가수가 되거나
음역을 갖지 못한 악기의
연주자가 될 것 같다는 생각을 어렴풋이 했다
잘 보세요, 얼굴에서 귀는
유일하게 찌그러진 곳입니다
보컬 레슨 선생이 말했다

가끔 내 목소리가 내 귀를 협박하곤 했다
세모 눈썹, 붙어버린 미간을 펴며
귓속과 목구멍의 구조를 샅샅이 뒤지는 소리를 내려
했던
여름 노래,
그해 여름에 배운 노래는 반팔이었고 샌들을 신었고
목덜미에 축축한 바람이 감기는 그런 노래였다

양동이 속에서 노래는
챙이 넓은 모자를 뒤집어쓰곤 했다
골똘한 눈, 꺾인 손등으로 받치고 있는
청진의 귀를 향해
벌거벗은 노래를 불렀다

양동이 속에서 듣던
1인용 노래
허밍과 메아리의 가사로 된 노래를
우그러진 모자처럼 쓰고 다녔다

겹겹이의 방식

하나로는 충분하지 않니

넌 백 허그를 좋아했어 나보다 펑펑 울거나 꽁꽁 어는
게 불편할 때가 있잖아 더운 날 매미가 더 더워지는 이유
처럼

미온은 안과 밖 사이에 있어 늘 반대로 우리가 가까워
지고 겹겹이의 방식이란 혼자에게는 불편한 외로움이지

여행을 갔지 아주 오랫동안 나처럼 아무 대답도 하지
않는 사람들이 편할 때가 있잖아 여름 내내 참았던 침묵
이 실컷,

기념품을 사 왔어 색색의 옷을 입은 오뚝이가 줄지어
나왔지 이따금 나를 닮아 사고 싶을 때가 있잖아 왠지 불
편할 때

나는 내가 양파나 양배추의 겨울을 나는 기분으로 추
위를 덧댄 이 기념품을 바라봤지 내가 점점 작아지거나
점점 커질 때

인형이 아이를 안는다면 이건 엄마가 아이를 낳는 방식이었지 엄마는 아이의 몸을 겹겹이 통과하고 약속 대신 연결을 지으면서 겹겹이 지구가 젖고 자라는 방식을 익혔지

앞치마를 두르고 두건을 썼지 손에는 닭과 과일 그리고 솥단지까지 들고 닭이 낳은 알을 기다렸지 솥단지를 들고 웃어 보일 수 있는 울지 않아도 아이를 안고 있는 방식으로

참 웃기지, 울지 않아도 아이를 안는다면

넌 악수를 좋아했어 네 등은 내 속에서 홑겹의 등으로 충분했겠지

작은 풀들은 미끄러지며 자란다

집 주변은 온통 바위로 된 산들이었어 넌 그에 대해 단
한 번도 말한 적이 없고

바위는 늘 그렇듯 아래로만 눈이 달렸었지 바위마다
말랑말랑한 눈두덩이가 볼록하게 붙어 있었고

눈을 지그시 감으면 아침까지 깨지 않았어 그럼 우리
는 다신 놀지 않겠다고 했지

아주 작은 돌멩이에서 보슬보슬하게 이끼들이 일어나
면 그제야 눈을 떴지만

누군가는 그것을 누운 자리라고 하고 누군가는 그것을
덮은 자리라고 했지

나는 너를 멈추게 하고 싶지 않았어

저 흘러내린 풀 앞에서 눈을 감자 차가운 바닥에 말랑
한 등을 대지 말자 거긴 손바닥만 한 가슴뼈가 있어 아무

것도 볼 수 없는 등이 저 바위 위에 붙어 있으면 우린 모든 걸 만질 수 있어

따끔거리는 곳에서만 자라거나 봄이 되면 다시 젖을 자리만 찾아 눕는 그것들 말이었지

헛뿌리를 내려 바위처럼 미끄러진 이끼가 되겠다고 파충류의 피부처럼 단단한 이끼가 되겠다고

고요히 영영 붙어 있는 큰 눈을 우지끈, 비틀어버렸어

언니의 새벽

새벽은 언제나 비스듬해요
흐트러진 언니의 머리를 의심하지요

모든 곳이 언니보다 동그란 나는
언니보다 더 잘 굴러다니고
그건 눈치가 없다는 뜻이에요

말랑말랑한 배와
뛰어도 아프지 않은 가슴
복숭아 반쪽이 돌아다니는 속옷이에요

새끼 쥐 한 마리가 집에 들어온 걸까요?
장롱과 장롱 사이,
책장의 맨 아래 칸, 피아노 의자 밑을 찾아다녀요
나는 세상에서 가장 큰 사람이에요

언니는 새벽이 되면 뾰족해져요
앞가슴과 복숭아뼈, 뾰족해진 어깨로
쌍으로만 이야기할 수 있는 낯선 나라의 말을 하지요

언니의 무릎에선 빨갛게 사과가 익고
언니의 가장 다정한 이성은 언니의 손으로 놀러 와요

엄마는 매번 싱크대 앞에서 잠꼬대 중이죠
나는 언니의 뾰족한 콧소리를 들으며
피아노 의자 밑에서 언니를 흥얼거려요

나도 언젠가 뾰족한 입맞춤을 하는 날이 올까요?
반만 접은 의심으로
새벽을 휘젓는 고양이처럼
새끼 쥐 한 마리를 단숨에 움켜쥐는 날이요

엄마의 지붕

엄마는 죽고 싶다고 말할 때마다
꼭 하늘을 쳐다봤어요

대답할 것이 너무 많아
막막한 지붕들은 무거워요

구멍 난 지붕을 막기 위해 기와공 아저씨가 찾아왔어요
아저씨의 턱수염은 지붕 밑을 받치느라 늘 꼬불꼬불하
지요

아저씨가 다녀간 날이면
엄마에게도 꼬불꼬불한 털이 있어요
엄마는 올여름엔 비가 많이 내릴 거라며
뒤뜰에 모아둔 조각 몇 개를 가리켰지요
기와를 받아 든 아저씨는 내게
좋은 날씨에 태어났다고 말해주었지만
그건 지붕 속으로 들어가버린 엄마의 날씨일까요?

조각마다 날짜를 적어두었어요

바람이 불어 치마를 입었거나
날이 맑아 엄마가 말을 걸지 않았던 날짜들 말이에요

더 이상 날짜를 새길 조각들이 없을 땐
잔디는 꽃 밑에 숨고 내 발자국들은 잔디 밑에 숨어요

뼈대만 남은 나무들은
문도 벽도 없이 지붕을 만들기 시작한 걸까요?

아저씨는 우리 마을에 있는 모든 지붕에 올라가본
유일한 사람이지요
지붕을 만든 아저씨는 엄마보다 물어볼 게 많아졌을
거예요

물웅덩이를 발음하려다

물웅덩이를 발음하려다
시력이 나빠졌어
그 속에서 첨벙첨벙 곁눈질을 배웠지
고여 있는 것은 금방 말라,라고 말하면
오줌이 마려웠던 날

물웅덩이를 발음하려다 말이 헛나왔어
"새끼!"
새끼는 모두 혹에서 태어난다는 사실을 배웠지

혀가 꼬였을 적엔
아무리 참아도 개구리 눈깔이 튀어나오고
그것은 개구리 퐁당,
아이쿠, 하이쿠!*
민망한 거절들

너덜너덜한 지갑이나
구김 없는 사전들
나는 늘 사전事前에 실패했고

사전事典에서도 어김없이 실패했어

스프링만 남은 연습장

한쪽만 꿰맨 캔버스 가방

포식자를 구별하는 데스노트

화분花粉 없이 유혹하는 난간의 난초

불임인 오목눈이가 이모의 출산을 돕는 이유는

배운 적 없는 곳에 매번 똥을 싸야 하는 밍키 신세라는

거지

나는 물웅덩이를 발음하려다 흙구덩이도 팠어

철봉에 매달리면 오줌처럼 개미 떼가 떨어지려고 해

죽은 여자의 아랫도리에서 바글거리며 기어 나오던

검은 개미처럼

물웅덩이를 발음하려다 꽃을 피우고 말았어

* 5·7·5의 3구句 17자字로 된, 세상에서 가장 짧은 형태의 정형시. 개
구리가 뛰어든 연못에 대한 마쓰오 바쇼의 시가 대표적이다.

서니사이드 업Sunny-side up*

추신, 당신이 언제나 건강하기를 기원하며
때때로 태양을 즐길 수 있기를 바랍니다

아무것도 이해하지 못하는 날에는 아무것도 깨닫지 않아도 된다 그래서 아무것도 알고 싶지 않은 날의 모든 문자는 모조리 창문이다 나는 내 눈앞에 무심코 씌어진 글자들을 내 의지와 상관없이 매번 이해해왔기 때문에 함부로 나의 이해를 쓰고 싶지 않다는 건 때때로 내가 눈부신 태양을 즐길 수 있기를 바라는 추신 같은 거다

왜 의자는 의자야? 그렇게 불러야 다들 알아듣는 창문들

창문 앞 의자에 앉아 햇살을 걷지 않으면 소나기는 잠깐의 오해에 불과하다 매일 나의 안부가 궁금한 사람을 알아보지 않으면 안녕은 내가 쓰는 말투에 불과하고 추신은 내가 늘 엉뚱하게 느껴진 거다

실수를 할 때마다 연습 대신 의자를 한입 베어 먹고 자

전거를 잃어버리면 열쇠만 잘 간직하고 무르익은 과일은 절대 혼자 먹지 않기를

　어깨가 마른다 싶다가도 이내 이마를 두드리는 하루가 이틀이 되고 2주가 되면 사람들은 종일 창문에 블라인드를 치거나 수시로 커튼을 내리고 거둔다 그러던 어느 날 추신 같은 편지를 받으면 며칠간의 창문은 아무것도 이해하지 않아도 뭐든지 이해되는 문자가 되고 너의 말을 잘 못 알아들을 때마다 너와 나 사이에도 추신이 필요하다는 걸 알게 되는 거다

　제대로 태양을 즐기고 계시는군요

　무엇이든 꽉 움켜쥐면 와장창 깨지고 물컹하고 엉뚱한 변명을 둘러대면 설익는, 그렇게 불러야 다들 알아듣는 창문들을 먹어치우는 거다

　* 햇살이 가득한 프라이팬을 뒤집지 마세요.

귀신같은, 귀신같은

나는 사랑하는 사람입니다
당신이 어떻게 물어보아도 나는 그렇게 대답할 것입
니다

내가 당신의 어떤 질문도 이해할 수 없다고 생각할지
모릅니다

하지만 나는 사랑하는 사람입니다

빨대와 너덜너덜해진 레몬 슬라이스 한 조각만 남은
빈 유리잔처럼,
보이십니까?

가끔은 마시멜로 같은 인형을 들고
당신의 테이블에 앉아 당신이 기대하고 또 좌절하는
것 앞에 무심한

다 식은 잎차를 마셨습니다

당신은 나를 이해할지도 모르겠습니다

구석에 그을린 거미줄을 긴 자루로 쓸어버릴 예정입니까?

그렇다면 나는 사다리가 필요 없습니다
대롱대롱 매달린 거미는 당신이 숨죽이고 또 크게 우는 것 앞에 무심한

흰 망사 천으로 얼굴을 휘휘 감은
불 꺼진 방

하지만 나는 사랑하는 사람입니다

아홉 개의 채널과 엄마의 보자기

며칠 동안 방을 수소문한 끝에
찾아낸 밤
한낮의 불면들은 모두 이곳으로 놀러 와도 돼

아홉 개의 채널과
엄마의 보자기,
고음을 기록할 수 있는 책과
헝클어진 결과를 버릴 구석이 생겼어
택시 기사는 알아듣지 못했던 주소로 찾아와서 말하지
운이 좋으면 빨래도 혼자 마를 수 있겠네요

벽이 두꺼운 애인과
벽이 얇은 애인은 동시에 와도 돼
흥얼거리는 허밍으로
철저하게 학습된
그러나 아무렇지 않게 내뱉는,
찾아진 밤

갑자기 출세한 소녀와

줄무늬로 죽게 된 스트라이프의 음절
이곳에서는 마음껏 사과를 먹을 수 있지
커튼을 입은 여자와
쌍으로 된 것만 찾아다니는
몽상가의 두 눈알은 곧거나 굽은 밤,
정사각형과 직사각형의
미끄러운 밤이야

작을수록 잘 죽지만
잘 살아남는 작은 밤
기념일 사이에서 몽유에 걸린 화분과
구세주가 몇 번이고 나타날 거라 믿는
주인 할머니의 난쟁이 의자처럼

만만한,
한 번쯤 태어나볼 만한
밤이야

욕조

나의 첫 욕조는
살구나무 아래에 있었지
그때 나는 내가 넘쳐흐르는 것을 보았지
떨어져 둥둥 뜬 살구를 보고 좋았지
그때 시큼한 성별을 가졌지

들뜬 구름을 데려다 놓은 우물에는
새콤한 입맛이 고였지

빨간 욕조에서 놀다 욕조를 나올 때, 줄어든 물
세찬 오줌 소리처럼 움푹 파인 물
평생의 오줌으로 들어간 것은 아닐까 생각했지

중고 시장에서 서양식 욕조를 사 왔지
욕조의 배수관에는 튤립의 운하를 모조리 끌어다 놓은
요트의 엔진 소리가 들렸지
체중과 중심을 모두 버린
한 죽음이 깨끗이 씻고 나간 듯한 욕조,
욕조는 첨벙거리고

살구의 찡그린 표정이 좋았지

번드러운 비누 거품을 상상하면서
육지보다 높은 운하를 걷는
휘청대는 샌들의 굽을 상상했지

욕조를 뒤집어쓰고 턱을 괴고
욕조와 나의 포옹이 뱉어내는
자글거리는 살구씨를 보았지

2부
이 구역은 이제 중성이야

비가 오기 전 춤을 추는 새

안녕, 잘 지내냐고요? 그럼요. 여기는 내 삶을 아주 송두리째 망쳐버리기 위해 온 곳이죠. 그런데 무척 잘 지내요. 왜냐고요? 공작새 알죠? 공작은 비가 내릴 무렵이면 침착성을 잃고 안절부절못해요. 그건 거의 춤이죠. 여기는 비가 아주 많이, 아니 아주 자주 와요. 많이도 오지만 오래 오진 않죠. 그런데 이 비가 흠뻑 내리다가 10분을 넘기지 못하고 그쳐요. 그 덕에 나는 비가 오려다 만 춤을 매일 추고 있죠. 아주 엉망이에요. 공작새는 비가 오기 전에 춤을 춰 풍요의 상징이 되었는데 나는 온 사방에 소나기 같은 눈을 달고 택배 트럭에 쫓겨 파다닥 줄행랑치는 비에 젖은 타조니까요.

아니, 그런데 왜 공작은 비가 내릴 무렵이면 그렇게 불안에 빠질지 생각이나 해봤어요? 난 말이죠. 내 인생을 아주 박살내고 싶었는데 그건 더 이상 불안할 수 없더라고요. 유에프오예요 유에프오! 미확인비행물체. 불안 말이에요.

내가 좋아하던 화가 마크 로스코Mark Rothko는 이런

이야기를 했죠. 모두 다 '좋아'의 세계에 빠졌어. 오늘 어때? 좋아, 맛은 어때? 좋아, 이 옷 어때? 좋아, 이 그림 어때? 좋아, 좋은 걸로만 세상을 살 수 없다고요. 그런데 좋은 건 싫은 거랑 같고, 좋고 싫은 걸로만 세상을 살 수는 없는 건 맞죠. 그렇다고 해서 좋지만은 않고 싫지만은 않은 그 세계에서 누가 살아남아요?

유에프오는 우리에게 호기심을 줄 순 있지만 무언가를 외면할 변명도 만들어줄 순 있지만 결코 다정하거나 편안한 존재는 아니죠. 우린 일어나서 걸어야 하고 거북 목을 내밀며 살펴야 하고 눈을 치켜뜨고 내가 보지 못하는 것들을 망원경을 통해 보아야 하죠. 나는 인간이 자신의 신체 능력을 정할 수 있다고 믿어요. 이건 선천적인 것들에 대한 잔인한 비평은 아니에요. 내가 말하려는 건, 정말로, 자기 몸에 어떻게 받아들일지 어떤 것도 자기 몸에 어떻게 받아들일지 모두 자기 자신만 결정할 수 있다는 거예요.

가령 내 목을 조르던 그 자식이나 아픈 강아지 앞에서

조심스레 무릎을 꿇던 그 자식이나 내가 함부로 나의 몸에 어떻게 그것을 기억할지 결정하지 않으면 안 된다는 거예요. 그렇다면 그건 비가 오려다 만 춤처럼 이상한 자세가 될 게 뻔하잖아요?

여자로 태어나 나는 끊임없이 생리를 시작했죠. 공작도 24일이면 알을 낳는대요. 물론 새끼 공작은 그 즉시 걸을 수 있지만요. 하하, 우린 앞으로 밀림에서 나무 열매와 키 작은 벌레를 먹어야 할까 봐요. 비가 와도 계속 춤을 추고 있잖아요. 날지는 못해도 아주 빠른 새가 된 모양이에요. 어쩌겠어요? 비가 오든 말든 마음껏 춤을 출 것이죠. 자, 이제 그 어떤 나의 움직임도 모조리 당신에게 신호가 되지 않을 거예요.

엄마는 날지 못하고

할머니에게 성별은
먹이를 찾는 일이에요

열대지방에 사는 오리에겐 성별이 없죠
또 할머니에게 성별은 부끄럽지도 않게 트림을 하는
일과 같아요

나는 속옷도 입지 않은 채
아빠의 영법으로 헤엄을 치곤 했어요
남자의 깃털이 화려할수록 여자의 깃털은
풀이나 갈대 같은 보호색을 띠는 일이 전부래요
반짝거리는 은빛 물고기를 먹고 체하는 날이면
할머니는 조그맣게 썰어놓은
갈대 줄기를 끓여 주었어요

번식기가 지나면 아빠의 깃털도
뱀처럼 바위의 틈이나 물결을 닮지요
그럴 때 엄마의 깃털이 화려해지면 얼마나 좋겠어요?
뱀이 오래된 돌담이나 바위의 틈, 물결을 닮았다면

뱀은 그 틈보다 물결보다
늦게 태어났다는 뜻이에요
새의 앞가슴이 숲과 닮았다면
새는 분명히 숲보단 늦게 태어났겠지요

보호색이 생기기까지
뱀의 가죽과 새의 앞가슴은 어디에 있었을까요?

엄마의 보호색은 점점 침침해져가고
나는 나의 물갈퀴가 뭉툭해질 때까지 헤엄을

누가 누구를 보호하냐고 묻는다면
성별은, 없어져가는 중이에요

주사위

주사위를 던졌어요.

목요일 아침, 6시가 굴렀어요.

꽉 채운 6시는 뒷마당의 수탉이에요. 언니는 부엌으로 달려가고 6시는 공중에서 섞였어요. 날것을 좋아하는 언니의 접시는 언제나 공중에서 하나둘…… 아직 불과 물을 만나지 못한 울음이에요. 나는 6시로 서 있어요.

섞인다는 것은 엮인다는 뜻이라며 언니가 또 울었어요. 공중에는 술래 대신 차례만 있고 언니의 보조개는 6시 전후로 섞이는 일 앞에 무기력해요.

나는 오늘 6시예요,

어떤 숫자로도 떨어진 적은 없지만 떨어진 날엔 반드시 숫자가 있었어요.

6시로 서 있으면 모든 것을 반으로 나눌 수 있어요. 그것은 좌우의 맛만 들키는 법과 비슷해요. 언니와 나는 상자에서 태어났어요. 하나의 구멍으로 들어가 여섯 개의 구멍으로 나갈 수 있는 상자. 그 속에는 더하거나 뺄 수 있는 것들이 있어요. 셈을 한다는 것은 손가락을 폈다 구부릴 수 있는 일이고 가리키고 쓰다듬는 것을 배우는 일, 익힌 숫자들을 일컬어 위로라고 해요.

6시가 풀숲의 왼쪽에서 오른쪽으로 섞이는 중이에요. 아침으로 꺾어 온 채소들이 언니의 울음을 익히는 중이에요. 날것의 습濕은 여러 번 던질 수 있어 나는 딱딱하게 떨어질 준비를 해요.

텀블위드Tumbleweed

왜 발돋움은 키의 역사에 끼지 못하는 걸까요?
우리는 모두 뒤꿈치를 든 키가 있잖아요

회전초는 너무너무 발돋움이 하고 싶으면
자기 뿌리를 끊고 굴러다녀요
데구르르 구를수록 점점 커지고
바람으로 온 마을을 태워버리지요

추적추적 비라도 온다면 아무렇지 않게
산들산들
수풀을 이뤄요

나의 한 뼘은 복숭아예요
한 뼘이란 넘겨다보기 위한 것이지요
뒤꿈치를 드는 발돋움 하나로
남의 집 담장 안을 모조리 빼앗을 수 있어요

그곳엔 뒤꿈치가 매끈해진 사람들이 살아요 마루에 앉
아 복숭아씨를 뱉으면 내 손등도 복숭아처럼 보슬보슬해

지고요 축축한 지붕으로 머리를 말린다면 또 다른 담장
으로 날아갈 수도 있어요

　바다의 몇 배만큼 공중을 가로질러요
　폴짝폴짝 뛰어가는 채소 이파리와 복숭아의 광대뼈,
　토실토실한 털실 뭉치 하나로 온 마을을 칭칭,

　붉어진 오리나무의 정원이에요

언니의 거위
── 날개깃을 번드치니 흰 구름과 같구나*

거위에게 집을 맡겨놓고 언니는 집을 나갔다. 거위는 목을 빼들고 악다구니를 쓰던 언니의 관계들처럼 순결했다.

거위의 깃에는 붉은 달 끝이 묻어 있었다.

거위는 발등에 붙은 체크무늬 스타킹 나무 이파리 같은 발자국으로 마당을 질퍽거렸다. 푹푹 끓어대는 뽀얀 연기처럼 언니의 물장구가 가물가물 솟구쳤다. 거위는 마당 한편에 놓인 탐스러운 장독대를 휘휘 감았다. 지난 달 날아간 언니의 부리가 그리웠으므로 둔탁한 부리를 치켜들고 곰살궂게 퍼덕거렸다.

날개도 없이 구름이 날아가는 것은 바람을 이해하는 일과 바람의 이동속도. 거위는 팔짱에 낀 구름을 흘려보냈다. 오늘은 높이 날 수 있을까 물을 뒤집어쓸까 털을 두껍게 만들까 날개 뼈의 속신俗信은 거위의 번드치는 깃에도 날씨와 바람을 만들어냈다.

나는 날개 달린 물고기를 그려놓은 언니의 화분 옆에 앉아 언니를 기다리기로 했다.

문득 어젯밤 밤눈을 푸덕이던 프로이센 기사단의 거위 뼈가 생각났지만 양쪽으로 날개깃을 저울질하는 거위의 겨드랑이를 보며 생각도 돌연 뻐근해졌다.

거위는 고상한 날개깃의 하얀 곡선 방향으로 까슬까슬한 바람의 인사에도 꾸덕꾸덕 울어댔다. 오늘은 달려가지도 쫓지도 않는 거위의 물갈퀴가 언니의 파우치에서 새어 나온 콧바람에 뿌뿌거렸다.

* 조언유趙彦儒의 시「지아池鵝」에서 인용.

잘린 귀

이 구역은 이제 중성이야,

대추나무도 측백나무도
모두 한 귀퉁이가 잘린 귀를 바람처럼 분다

옛날의 자식들과
자식이 없는 자식들이
꼬깃꼬깃 뭉친 종이처럼 앉아 있는

오래된 지도를 펼치면
건물처럼 번지던 구획區劃들이
구불구불 울었다

파푸아뉴기니의 원주민들은 원령을 쫓기 위해 귀를 제
외한 모든 곳에 문신을 한다는데

사라진 쥐들은 누가 모조리 잡아 갔을까
'귀 없는 호이치'라 불렸던 원주민들처럼

쫓고 쫓기는 순간들도 이젠 중성이 되었다

싹둑 왼쪽으로 절뚝

나선으로 잘린 아지랑이가
한쪽 귀에서 윙윙거렸다

헌터 타임Hunter Time

그들은 미처 사냥되지 못한 의성어로
동물을 불렀어요

하루치를 샀어요
숨죽인
그 발자국을 소모할 때까지만 헌터 타임을 받았어요
하지만 우리는 돌아가야 하고
동물은 돌아간다는 말을 할 줄 모르지요

언젠가 따라잡히게 될 것이라면
추적은 야생의 목줄일까요
돌아갈 일이 없다면 쫓을 일도 없을 거라고
우리는 하루치를 사지 않아도 될까요
초식동물은 위험한 소리가 나면 도망을 가지만
요상한 소리가 나면 멈추어 귀를 기울인다고
세상에서 가장 요괴한 풀들은
너도 나도 아닌
서걱거리는 소리를 냈어요

뒤가 짧았던 것이에요

돌아갈 수 있다고 생각했을 뿐

한참을 쫓은 뒤엔 집도 연기도 너무 길어진걸요

베어 먹은 잎사귀처럼 우리도

덜어내며 자랄 거래요

쫓는다는 건 발자국이 있는 데로만 가는 것이고

쫓긴다는 건 발자국이 없는 데로만 가는 것이니까요

풀숲과 모래 속과 호수를 지나

깊은 밤으로 숨을 때까지

발자국을 따라갔어요

무릎에서 민들레가 자라면

애야, 무릎 좀 닦아주겠니?

뒤뚱뒤뚱 걷는 사람이에요
나는 평생 무릎이 벌에 쏘인 것이라 생각했지요
벌들은 숨겨둔 꽃씨들을 물어 갔고
할머니는 오래 살아서 그렇다고 했지만
나는 할머니 집 앞 정원에 윙윙거리는 벌들 때문이라
는 것을 알아요

벌들이 날아가면 할머니는 하루 종일 누워 있어요
할머니는 벌이 드나드는 것이 저 민들레 때문이라고
했지만 비 오는 날엔 민들레가 가장 예쁘고 벌은 집 안으
로 들어오지요 할머니는 비 오는 날 밖에 나간 적이 없고
그래서 민들레를 본 적이 없어요

할머니가 재채기를 하면 시큼한 냄새가 났어요
벌들은 낮 동안 꽃씨를 물고 핥고 빨았고
나는 할머니 몰래 밤새 벌을 쫓았지요

벌은 낮에 날아야죠. 그렇죠?

퉁퉁 불은 꿀이 할머니 무릎에서 터졌어요
당분간은 할머니 곁에 벌이 오지 않겠지요

할머니에게 생긴 민들레의 며칠,
아마 밤새 긁기만 한다면
할머니는 매번 꽃밭에 갈 수 없었을지도 모르지만

오늘은 마른 단풍잎 같은 할머니의 손을 잡을 수 있는
거예요

이렇게요,

애야, 꽃밭에 좀 데려다주겠니?

꼬리 언어

「사랑하는 J에게―

　나에게 꼬리가 남아 있으면 좋겠어. 여전히 흔들 수 있고 밟힐 수 있는 날이 오길 바라.

　어젯밤엔 꼬리를 다치고 반듯하게 누워 꼬리가 나을 때까지 창가에 있었어. 사후 정리를 하는 사람들의 인터뷰를 들어보면 가끔 아홉 개의 꼬리가 나오기도 한다는데, 난 내 꼬리를 물기 위해 할 수 있는 모든 조치를 취한 셈이야.

　J, 넌 모퉁이에 누워본 적 있니? 모퉁이는 언제나 숨어서 엿볼 수 있는 꼬리들이야. 모퉁이에 걸려 넘어지면 다들 꼬리가 잡혔다고 이야기하잖아? 들통이나 덜미의 바깥들. 그곳엔 굴러갈 차비만 구하는, 꼬리를 물고 도착한 곳의 일조나 기후 따위는 신경 쓰지 않는 사람들만 있지. 입을 다물 수 없어 꼬리를 오물거리게 됐다는 사실을 잊은 걸까.

입을 벌리고 누워 있어. 벌린 입은 푸른 눈을 가진 흰 고양이가 모두 청각 장애를 앓고 있다는 사실을 뱉을 수 없으니까. 갓 태어난 아이가 할 수 있는 일이란 없는 꼬리를 흔들어 배를 보이는 일이고.

J, 나는 왜 빈집이 되었을까? 정오가 되면 꼬리는 흔적을 없애고 온통 결심으로 가득 찬 방엔 모래만 남아. 꼬리는 잴수록 그늘을 키우고 다물지 못한 땅으로 떨어질 뿐이야.

밤은 정오 대신 네 꼬리를 쓸어내릴 수 있다고 말해. 햇볕에 갈라진 그늘도 여기선 온순해지니까. 그런 날이 올까. 그런 날 말이야.」

생식

— 호문쿨루스Homunculus[*]

생식,
살아서 뱉고 들이켜는
관계술

거절이 쌓여 벌어진 나는
밀어낸 변명

네가 돌진해야 할 곳에는 꼬리가 없어. 그러니 꼬리 치는 건 네 일이지. 꼬리의 힘으로 온통 세상을 정복하려는 너희들, 며칠간의 까닭들만 오줌처럼 새어 나오고 내 얇은 막엔 눈치들만 기웃거려서 울퉁불퉁한 표정들만 흘러 내리는 것을 알고나 있니? 너도 나도 들어갈 수 없어 언젠간 멸망해야 하는 태생의 오류들. 꼬리만 휘청거린다고 휘청거리는 관계술.

짐승의 이빨 자국처럼
너의 숨소리
흔들리고 또 흔들린 시큼한 냄새가 나잖아?
쑥스러운 말버릇으로 주절주절

너를 뱉어내는 거잖아.

너는 나의 가장자리로
나는 너의 중앙으로
호문쿨루스의 머리 안으로
구불거리는 꼬리를 흔들 뿐
나를 뱉어낸 너의 머리가
겹겹이 갈라질 뿐이잖아.

질주하는 것은 구불구불하고
기다리는 것은 일그러지기로 작정한
돌연突然의 관계술
누구도 겁먹은 아이를 거두지 않아
다만, 눈이 너무 많이 녹은 계절이야.

* '작은 인간'이라는 뜻. 17세기 정자론자들은 정자의 머리 안에 장차
사람으로 자라날 완전한 작은 개체인 호문쿨루스가 들어 있다고 주장
했다.

바스락거리는 셈법

두 살 아니면 여섯 살쯤일까요?
어른 속에 숨어 다니는 아이는

둥글게 둥글게 짠!

물건을 넘어뜨리거나
하나의 숫자로 모든 문을 열어요
백 개의 눈을 가진 주머니를 달고
집 안 곳곳 백 명의 관중을 숨겨놓으면
떡갈나무 잎으로 날개를 만들어 줄 수도 있지요
가망이란 안타까운 실패예요

발소리가 큰 아이예요
아이의 배 속에는 다섯 칸짜리 신발장이 있지요
불편한 신발을 신고 편하게 걷거나
편한 신발을 신고 불편하게 걷는 법으로
뾰족한 구두를 훔쳐요

그러니까, 아이의 어깨는

살살 두드려야 해요

배에서 난 숨소리처럼

이마에서 난 숨소리처럼

동공을 쭉 찢어 만져주어야 해요

바스락거리는 셈이 가능한

어른과 울음을 맞바꾼 아이의 눈처럼요

12시와 울음

우리 마을에서는
젖먹이 아이의 울음과 짐승의 포효 사이를
12시라 불러요

12시는 아무것도 먹지 못했을 때 생겨서
정확한 안녕을 물어보는 안부거든요

배부른 것과 배고픈 것은 입가에 묻은 옥수수수프를
닦아보면 알 수 있어요 입가를 다물면 아가의 앞니가 자
라고 입가를 벌리면 아가의 목젖이 자라니까요

엄마는 아가의 앞니가 자라는 동안 12시가 생겼다고
말했지만 나는 울음을 문질렀기 때문이라고 말했어요
나는 나의 첫번째 앞니를 기억하지 못해요 머물러 있는
12시가 있다면 나는 나를 이해할 수 있을 텐데 말이에요

나의 12시는 12시의 앞이 되었어요

낡은 식탁은 언제나 다정하고 할퀴는 일이 없지요 내

이마를 콕 찧었던 식탁 모서리는 더 이상 멍이 들지 않아
요 그래서 나는 낡은 식탁을 이해하기로 해요 우리는 같
은 12시를 가졌으니까요 길어진 몸처럼 우리는 똑같이
길어진 12시를 가졌고 이제는 짐승의 포효에도 울지 않
아요

　엄마는 12시의 뒤에서 늘 나에게
　잠시만이라고 말해요
　나는 그것이 식탁의 웃음과 집 앞 골짜기의 물장구와
과일 바구니 속 바나나 껍질의 12시라는 걸 알지만
　낡은 식탁처럼 가만히 있기로 해요

산책

미운 발이 가방 속으로 들어갔어요

숨죽여야 하는 발,
밖에서는 미운 발이지만
안에서는 자신을 포갤 수 있는 다정한 발이죠

가방이란 원래 단 세 벌 정도의 경유지를 옮겨 다니는
것이에요
꽉꽉 구겨 넣으면 여섯, 일곱 벌도 가능한

계모는 아이를 여행 보내려 했을까요?

통째로 그림자가 되었어요
정말로 깜깜한 곳에 있다 보면
나는 분명 존재하지만 나는 분명 나를 못 믿고 있고
나는 나를 따라 할 뿐이죠
눈을 뜨고 있어도 뜨고 싶어요
지퍼 사이로 들어온 공기는 아껴 마셔야 하죠

온갖 덜미들과
또 빌미들과 잘잘못을 구분하는 건
차라리 보호하는 거예요

태어나서 가장 두꺼운 옷을 입었지만
더 이상 아무도 할퀼 수 없지만
네 개의 바퀴로 더 빨리 도망갈 수도 있지만
제자리는 늘 안전한 곳이었지만

바퀴만 남은 채 손잡이가 없는 아이와
단 한 벌의 경유지는
아이의 꿈들이 모두 반성할 때까지
풀숲을 돌았어요

그림책

곧 속이 울퉁불퉁하게 시들던 사람은 손을 씻으러 가 무성한 풀잎들만 헝클었다 그곳의 정원은 해를 가리던 나무들과 해를 넘기던 나무들이 모조리 여름 서리를 맞아 엉망이 되었고 종종 새가 찾아와 갈피를 물어 가면 시끄러운 풀 줄기들이 그의 손등을 파고들었다

넓어지고 가벼워지고 일렁이는 곳…… 깊게 팬 손등을 거친 손바닥으로 쓸었다 무심한 손짓에서 삭고 삭아 오래된 벼 잎의 소리가 났다 쓰다듬을수록 일어나는 부스럼은 뭉툭해진 칼끝 같았다

냉혹하지만 수더분한 얼굴을 가진 사람이 움직이면 나뭇잎이 부대끼는 소리가 난다 나무껍질같이 얼굴을 한껏 구기면 한 번에 웃고 운다 터지고 짓눌린 신발의 안팎을 진흙이 받친다 두꺼운 손가락이 가는 발목을 옮긴다 그건 사실 책이 아니었잖아요 그렇죠,

화창했다 이런 날일수록 그늘도 너그러웠다 대형 토분들이 나무를 버티다 깨져버리고 그는 맨 아래의 흙을 맨

위로 쓸어 담았다 완전히 뒤집지 못한 뿌리 먼지처럼 밀려난 작은 토분들은 늘 해처럼 가까워지는 시간에만 물을 줬다 그는 땀을 흘릴 때마다 풀풀 흙 내음이 나는 곳에 털썩 흐트러졌다

신발 가장자리에서 물집이 터진다 얼룩땅다람쥐가 마른 낙엽들 사이로 달아난다 꼬리가 짧고 등에 흰 반점이 있어 어느 곳에 있어도 얼룩을 찾으면 그만인 이 다람쥐에게서 고름 냄새가 난다 내 눈이 다람쥐를 좇는다 다람쥐가 얼룩 속으로 들어간다

달큰한 땅콩버터 냄새가 난다 얼룩 속에서 꽃냄새가 불면 커다란 나무 하나가 쓰러진다 그는 자신의 등에 바람을 불어 넣으며 꼿꼿이 서 있는 나무를 붙잡는다 그건 사실 책이 아니죠 그렇죠,

사람들은 그가 이 정원에만 수백 년을 살았다고 수군댔지만 그러기엔 너무 마른 입을 가졌다 나는 도통 믿을 수가 없다 수백 년 동안 이 마을의 모든 이야기가 바로

저 사람 때문이라는 말은 더더욱 당치도 않다

키 작은 관목들 사이로 걸어가는 그는 아무것도 상상
하지 않는다 그래서 아무것과도 상관이 없는 사람은 모
든 것과도 상관이 있다 그는 곧 죽을 것만 같지만 죽어가
는 동물보다 죽어가는 식물이 더 시끄러웠으므로 그는
맨 나중으로 죽어간다

아무리 똑같은 물을 줘도 새싹이 뿌리째 마르는 나무
들이 있지 그건 분명히 책이 아니었을 거야 흙 없이 깡통
에 새어 들어온 빗물로도 쑥쑥 자라는 나무들이 있으니
까, 그것이 책이었다면 그는 나에게 질문을 해서는 안 돼

침묵을 제대로 읽은 사람은 아무도 살아 있지 않고 뾰
족하게 식은 잎들을 서성거리며 문지르는 사람은 여전
히 살아 있다 사람은 책을 읽기 전 날카로운 상처를 약속
하지 그것이 오목해지도록 뒤 동그랗게 부풀다가 그것이
터지면 오목하게 주저앉았거든 나는 얼룩땅다람쥐의 작은
바구니가 될 거야

이따금 등이 굽은 노목들을 보았다
울타리가 될 때까지 아주 멀어졌다

도그 바이트Dog Bite

개가 사람을 물었다 사람이 개를 물었다 개가 사람의 그림자를 물었다 사람의 그림자가 개 짖는 소리를 물었다 개 짖는 소리가 사람을 물었다 그리스에서는 중요하지 않은 일이다

누가 먼저이고 누가 늦었는지는 상관없는 말들,
주어와 목적어가 뒤바뀌어도 상관없는 행동은 어디에 있습니까?

나는, 나의 행동을 이해하고 싶어요

얻어지는 것이 있다면 나는 얻고야 마는 행동을 멈출 것이고 내가 개에게 물렸는지보다 개에게 내가 물렸는지 아니 내가 과연 개에게 물릴 수 있는지 개는 나를 물 수 있는지 내가 개를 물었는지 물어보겠지 그러다가 물리고— 가장 먼저 가장 늦게 끝에 닿으면 가장 구하기 쉽고 가장 길게 무는 방법을 터득하겠지

혹시, 하나의 해석에서 바뀔 수 없는 위치를 갖고 있는

무언가가 있습니까?

　기다리다 보면 나는 무는 대답을 듣고 사냥꾼은 물린 시간을 계산하고 그럼 우리의 관계는 물어낼 것이 없지 뒤바뀔 수 없는 나무의 나이는 나무를 베어보면 알 수 있고 그러니까 나무의 허리를 콱 물어서는 안 된다고요!

　　흔들리는 가지는 아무에게도 물리지 않잖아요

　만일 모든 개가 사람을 문다면 사람은 어디서 개 짖는 소리를 들을 수 있고 개 짖는 소리는 어떤 물속에서 사람을 구할 수 있는 거죠 물속에서 달아나는 개는 왜 울지 않고 짖는다고 하죠

　바뀔 수 없어서 박힐 수 없는 자국은 언제나 물린 자국입니까?

　　깡그리 잊어버린 체면이나 쇠약한 질문들엔 행동이 없어요 그래서 언어를 이해하는 기능이

완전히 망가진 사람들만 이해할 수 있는 행동들엔

물고 물리는 동행이 필요합니다

별안간의 팬케이크

글쎄요, 파리 씨는 방금 태어난 맛엔 관심 없다는데요
말 못 하는 아이도 열 달이 지나면 문밖으로 나가야 하
는데 말이죠

그럼, 양말 속 발꿈치가 터져 나온 건
별안간이라 해둡시다

열 달이 지나면 울기 시작하죠
무조건 먹어야 해요
처음 낀 요리 장갑에선 아무 맛이 안 나고
단맛은 기억하기 좋은, 쓴맛은 기억하기 싫은 맛이 됩
니다

맛이란 여러 군데 있을 때 더 잘 기억되고
기억이란 여러 군데 있을 때 더 잘 기다리죠
서로 반대의 기억으로 태어난
멀어지는 맛,

문밖으로 나가지 못하는 한 남자는 집 나간 아내를 불

현듯 들어왔다 나가는 파리 같다고 중얼거리네요

　태어나서 처음으로 팬케이크를 구웠죠
　처음 맛보는 맛, 당황한 표정이야말로 별안간을 준비
하는 방법이라나

　파리는 어김없이
　권태와 싫증이 있는 곳이면 어떻게든 찾아오죠
　저 남자처럼요

　아내는 자신의 쓸쓸한 미소에 싫증 난 거지만 자신의
달콤한 미소에 싫증 난 거라 믿고 있는 저 유통기한은 팬
케이크에 있지 않고 파리에게 있으니

　별안간,
　팬케이크가 필요하다고 해둡시다

올드패션드 러브Old-Fashioned Love

오래된 것들은 찾아오지 않고 찾아지지

구제舊製를 구제救濟하는 기분으로
무엇에 태그tag를 붙여주는 중이었지

무릎만 낡은 청바지의 주머니 걱정을 하고
허리끈을 잃어버린 바바리의 바람기를 의심하면서
한쪽 어깨만 늘어난 카디건의 반대편 어깨를 걱정하
면서
점퍼가 잃어버린 모자는
어떤 길고양이의 겨울이었기를 바랐지

한참 동안 여행을 다녀온 커플처럼
모서리가 닳은 여행 가방을 메보거나
루크라는 사내의 신발을 신겨보거나
역할을 끝낸 의상들을 입고
유럽의 한 시장통 속 서민판「로미오와 줄리엣」도 찍
어봤지
난 치마가 풍성해서 얼룩이 불어났다고 믿었고

불어난 얼룩들을 앞치마로 가렸지

우리가 여차하면 숨어들 요량이었던 구멍들은 코르셋으로 조이면서

넌 보풀 가득한 스타킹 위에 호박 바지를 입었고

호박은 늙었고 그래서

가슴골을 잃은 남방을 찾을 수 있었지

살아왔으니까, 새것이 아니니까 실밥들은 뻔히 보이고

나와 비슷한 몸매의 사람이 예쁘게 늘려놓은 니트를 입고

꾸민 듯 안 꾸민 듯

오래전부터 이 예쁜 태를 만들어온 듯 말야

누군가에게 지루해졌을 때쯤,

누군가에게는 가장 예쁜 모습으로

오트 쿠튀르*가 따로 있어?

깃의 끝은 낡았지만

목덜미는 끝없이 아름다운

너의 전 애인이 입었던 옷을 내가 집어 들고

그녀보다 아주 잘 어울렸을 수도 있겠지

비슷한 사람을 입고

비슷한 사람을 고르고

비슷한 사람을 찾으러 가는 걸까?

익숙하거나 낯선 얼룩들의 패션,

우리도 입어본 우리였지

* Haute Couture. 상류층의 고급스러운 맞춤옷을 제작하던 옛날 의상
실과 그러한 맞춤옷을 지칭하는 용어.

처음 입은 인간

희생당하지 않으려
희생으로 만든

그것은 추위입니다

움츠린 짐승을 벗겨 입은 사람,

벌거숭이는 저 짐승들과 구별되지 않으므로
처음 입은 인간은
불씨를 훔쳐다 자신의 털을 모두 태웠습니다

불은 스스로 생육할 수 없는 추위를 입을 수 있고

짐승의 척추 모양으로
한 인간의 등을 구부릴 수 있으므로

처음 입은 인간은
도무지 잡히지 않는,
가늠할 수 없는 방향으로
서로를 입고 있습니다

2인용 요람

얼굴이 우르르 쏟아진 남자를 찾습니다

그 남자는 담요를 두르고 집을 나갔어요 여럿이 타야
하는 것들에는 또 여럿이면 안 되는 요람이 있고 요람의
가장자리에는 아이가 편안함을 느낄 수 있는 적정 거리
가 있겠습니다만

2미터의 거리는
그이가 나에게 내가 그이에게 격리된 곳이었지요

아무도 흔들어주지 않는 2인용 요람은
번갈아 꿈틀거리는 것으로 흔들거려요
혼자의 안락한 즐거움은
끊임없이 서로가 덧대어가며 꿈틀거려야 얻을 수 있
지요

위반이라는 목격,
남자는 여자에게서 발견되고
여자는 남자에게서 발견되는 것이랍니다

아니, 그이는 왜 요람 속에서 나를 발견하지 않았나요?
그토록 아름다운 것들은 분명 한꺼번에 쏟아지지 않잖
아요?

불편한 사람과 불편하지 않은 사람이 같은 요람을 썼
어요
모두가 같아진다는 건 전염병이지요 그것도 아주 심
각한
하지만 이전의 것들과는 달랐어요
그이와 나는 하나의 요람을 부둥켜안으며
눈에 보이는 거리와 눈에 보이는 병들을 마주했죠
모두 다 같은 담요를 썼어요

아테네를 무너뜨린 장티푸스나 중세를 끝장낸 흑사병
모두 죽은 소녀들을 복원한 흉상에 어떤 곰보 자국도 그
려놓지 않았어요 왜 그랬겠어요? 병에 노출되는 것은 노
동자들이었고 금세 임금이 올랐으니까요 우리는 서로를
노출시키지 않았죠

전쟁에서 전염병을 앓은 병사들은 무기가 되어요 천연두에 걸려 죽어가는 사람들을 적의 요람에 눕히고 땅을 차지하기 위해 담요에 균을 묻혀 원주민들에게 나누어 주었죠 우리는 2인용 요람 속에 누워 의사들을 불렀고 사람들은 의사 때문에 병에 걸린 줄 알았어요

조선시대에는 전염병을 하천이 막혀서 나는 냄새라고 했어요 억울하게 죽은 자의 원기, 잡귀의 소행이라며 각종 병에도 신이 있다고 여겼죠 그래서 왕비마마의 마마는 전염병 신의 이름이 되었어요 우리도 같은 병에 걸렸죠 아참, 그렇다면 우리 안에도 신이 있었고 그이에게도 저와 같은 냄새가 날 거예요

이집트발 곡물 수송선을 타고 전염병이 왔어요 콘스탄티노플의 대규모 식량 창고는 쥐와 벼룩을 살찌웠죠 벼룩은 쥐가 데리고 다니고 사람들은 쥐를 데리고 다니면서 벼룩에 물렸어요 나를 데리고 간 사람은 그이를 데리고 다녔고 그건 그이도 나도 아닌 벼룩이죠

『삼국사기』의 열전에 실린 향덕이는 자신의 넓적다리 살을 베어 전염병에 걸린 어머니에게 먹이고 종기를 빨아내어 치료를 했대요 향덕이와 엄마는 2인용 요람을 탔나요?

온몸이 새카맣게 되면서 죽거나
쥐벼룩으로 온몸이 곪거나

혼자서는 걸리지 않는 병은 둘일 때만 걸려요
무조건 한 번에 한 명만 옮길 수 있도록
우리는 같은 요람을 샀었지요

당신의 속이 뱅글뱅글거린다면 나의 남자를 찾아주세요

쉽게 열리는 무릎

미녀는 언제나 장막의 뒤와
기대의 끝에 살아요

사실 미녀,라고 하는 순간 미녀는 없어요 미녀는 친구
의 아내가 되는 순간 사라지고 언니들의 눈꼬리가 흘깃
거리거나 입술 한쪽이 찡그려질 때만 나타나지요

오늘 밤엔 마술사가 언니를 자를 거예요 언니의 몸은
늘 변덕이라 밤낮으로 창백하고 그래서 마술사의 봄이
에요

한 명의 미녀는 백 명이 좋아해요 천 명이 좋아해요 그
래서 미녀는 흥행이지요 사람을 모으려면 백 개 천 개의
의자보다 한 명의 미녀를 데려다 놓으면 되니까요

한낮에 사라졌던 언니들, 상자 속을 들여다보면 마술
사의 칼끝이 미녀들의 알몸을 겨냥하고 있어요

더위가 잦은 무릎은 쉽게 열리기 마련일까요?

속임수에 갇히길 바라는 미녀들의 상자는 또 속임수로
만들어지고 그 안에서의 죽는시늉은 또 속임수예요 상자
속은 죽은 자가 들어갈 수는 있어도 죽어가지는 않아요

상자가 문을 닫으면 칼끝들은 휘어지는 기도를 해요
구부리고 깍지 낀 죄가 상자 속에 있지요

칼끝은 스스로를 속인 채
미녀들을 엇나가거나
비껴가는 틈에서 활짝 웃어요

불안의 사생활

누군가의 변기나 빨간 다리미와는 다르죠

이 작품은 당신이 가고 싶은 모든 곳에 데려다줄 수 있어요

13각 기둥을 가진 고대 신전에 현대식 금고를 가져다 놓을 수도 있고 온갖 낙심의 숫자를 돌돌 말아 담배처럼 후! 불어 보낼 수도 있지요 내가 가진 중독들을 한데 모아 태우고는 빼앗긴 시늉을 할 수도 있어요

불안은 그렇게 네일 숍으로 가고
물어뜯어 울퉁불퉁해진 손톱에 영감을 받아
아무개 화가의 누드로 가요
벌거벗는 일이 우아해질 수 있는 건 보석들의 조건이죠
누드는 또 남자에게 가고
턱수염이 자랄 동안 여자에게 가지만
환심은 언제나 모든 방향으로 가죠

여자는 콧소리를 내며 콧수염으로 가요

콧수염은 음악을 받아쓰기 위해 극장으로 가지요
바흐나 멘델스존의 음악을 들으며 성스러운 아침을 떠올리다가
이불 속으로 이 불 손 으 로

모두가 기립할 때 앉아 있게 된다면
「Lascia Ch'io Pianga」!*
아무도 모르게 무대의 중앙으로 가지요
관중은 관종이 되고 모두가 웃을 때 날 울게 하소서!

테두리가 낡은 패션 잡지를 모아 한 방에 태워버리면
더 멀리 욜로**라 불리는 길목에서 정신과 의사 복장을
한 사람들이 정체성을 찾아 자존감으로 데려다줄 거예요
누군가는 신의 계시를 외치며 언덕 너머 산타페로 가자
고 할지도 몰라요 하지만 낮에는 갈 수 없지요 하드록 카
페와 벌레스크 극장 간판에 불이 켜지면 영화의 한 장면
처럼 나의 몸은 모든 사람의 냄새가 되고 밤새 정원을 할
퀴는 고양이들의 등짝 위로 점프!

사랑이라 쓰고 꺼내 먹는 노래로 가요

누구의 미움에도 뻔뻔해질 용기를 갖겠다며
결국, 책장 속으로 가지요
끊임없이 주소를 옮기는 일,
나를 안심시키기 위해 나를 읽고 나를 옮길 수 있나요?

오리 농장 주인을 찾아가 잃어버린 개를 찾아달라고
하소연하거나 60층이 넘는 빌딩의 담을 넘겠다며 허리
가 휘어져라 요가를 하거나 비행기 속에서 잃어버린 이
틀을 위해 다시 비행기를 타거나 매일 오가던 언덕의 오
르막만 기억하는 일,

진실을 찾는 일은 불안해야 한다며
불행이 정해진 장소만 찾아다니지요

* 헨델의 오페라 「리날도」에서 '리날도'의 연인 '알미레나'가 궁전에
갇혀 운명을 탄식하며 풀려나기를 기원하는 노래. 한국에는 '울게 하
소서'라는 제목으로 알려져 있다. 중학생 시절, 우리는 교과서에 실린
이 노래를 부르며 쉬는 시간마다 복도를 뛰어다녔다.
** YOLO. 'You Only Live Once'의 준말.

신월

다중으로 대중이 들어 있는, 신월이라는 친구,
긴 휘파람을 잘게 끊는 혀끝, 흘기는 눈이 한 백 개쯤
들어 있다.

고운 말 바른말이 많아서 신월의 부르튼 입술은 잘 낫
지 않는다.

심폐에 걸린 말문이 터진다. 목소리가 많은 신월은 창
백한 얼굴로 날아가고 또 흩뿌려졌다.

신월은 노란 등을 가졌다고 했지만 나는 귀로만 노란
옷을 입힐 수 있었다. 집으로 돌아가는 건 노란 등에서
태어나는 것이니까. 신월은 매일 집에 돌아갔다. 어쨌거
나 나도 원래는 노란색이었겠지, 했다. 하루에도 열두 번
바뀌는 상황극, 앵 콜!을 외치면 신월은 태엽을 풀고 내
옆에 앉아 자꾸 울렁거렸다. 원피스의 주름들이 자꾸 날
아가려 했다.

우리는 발을 벗듯 신발을 벗고 놀았다. 발이 없는 이야

기들로 우주정거장에도 건너편 19금 영화관에도 다녀올
수 있었다. 수줍은 이야기도 신월은 춤출 수 있었다. 뜨거
운 곳을 밟는 양 온통 리듬을 밟았다. 맨발의 신월, 신월
이 죽으면 국가에서 두 발을 가져다 연구한다고 했다.

　수많은 목격담과 이름들로 빙고놀이를 하는 신월은 여
름 내내 집에 들어오지 않았다. 나는 흩날리거나 뿌려진
신월의 이야기를 밟지 않으려 신발을 벗었다.

여름 공연

우리는 불가능을 담보로 공연을 계획했다.

무대는 벌판이어도 좋고 지평선이어도, 간이 정류장 또는 당근밭이어도 좋았다. 중간에 무산된다 해도 우리의 목표는 사실, 거기까지였음을 주제로 공연을 했다. 빈 의자가 있는 데면 어디라도 좋았다.

빈 의자는 눈치가 빨랐고 반딧불이들은 뒷날을 밝히며 또 소모하며 날았다. 팔걸이가 없는 의자는 좌석 번호도 없었지만 관객들은 미안한 듯 자신들의 눈치를 봤다. 단원보다 더 적은 관객 앞에서 노래를 불렀다. 빈 의자가 시끄러워지면 우리는 별자리들의 음계를 슬쩍슬쩍 틀리곤 했다.

바큇자국은 꼭 비가 내린 날에만 지나갔다. 우리는 그 바큇자국에 공연 홍보를 부탁하기로 했다. 저 바큇자국은 사람이 많은 곳으로 갈 것이니까.

탁구대를 가져다 놓았다. 둥근 것으로, 새의 염통, 개의 꼬리, 튼튼한 슬개골을 튕겨 올리며 대사를 주고받는 게임을 했다.

핑퐁, 핑퐁,

가끔은 내가 보낸 소식들이 휘어져 돌아오거나 돌아오지 않았다.

조연들은 솜털 같은 벨벳풍 저녁 어스름을 좋아했다. 중견들은 괄호 쳐진 웃음을 좋아했다. 커튼콜이 없는 나비들이 장식처럼 날아대는 여름이 오른쪽 발과 왼쪽 발에서 번갈아 날아올랐다. 해바라기 속에서 나온 까만 조명엔 병든 얼룩처럼 먼지가 떠다녔다.

이빨보다 말이 먼저 빠진 여름. 우리는 양치식물처럼 한 무대에서 춤췄다. 구름을 비닐봉지에 담고 강의 여울들과 나눈 인터뷰는 늘 들떠 있었다.

그리고 장마.

우리들은 연기된 공연에서 쑥쑥 자라는 잡풀을 뽑거나 각자 자신들의 배역 속으로 허우적거리며 침잠해 들어갔다.

3부
혼자 마를 줄도 아는걸요

비치 러버Beach Lover

문득 들어오는 새소리 같아 너는 많은 걸 신비롭게 해

나는 지금 바다에 떠 있는 중입니다

아무것도 삼키지 않았는데 귀가 꼭 막혔어요

그리고 갑자기 목에서 새소리가……

그거, 쓸려 간 발자국 같아요 오 이런,

잃어버린 게 분명합니다 하지만 제대로 떠 있어야죠

밀려오는 어깨처럼 숨을 들이켜보세요

그렇다면,

  새는 꽃보다 나무를 좋아하네요 나무는 꽃보다 구름을
좋아하고요 꽃은 새보다 나무보다 구름보다 물가를 좋아
하네요

폐어肺魚

나는 물속에서 태어났지만 물은 없었어요
그래서 숨 쉬는 방법을 바꾸었어요

물고기의 귀는 물이에요
하지만 늘 물을 듣다 보면 그것이 자신의 귀라는 걸 잃
어버려서
물고기는 물을 잘 듣지 못해요

마른 쪽으로 귀를 기울이는 일,
방문을 두드리고 또 잠그는 일이에요
입속에 갇힌 엄마처럼요

엄마도 나도 어느 곳에서 태어났는지
그곳을 어떻게 잃어버렸는지 몰라요

엄마는 우리가 우는 아이의 어깨를 쥐고
흔들지 않기 위해
벌거벗기지 않고도 아픈 곳을 알아내기 위해
숨 쉬는 방법을 바꾼 것이라 했었지요

다시 배꼽을 마주 대면 아이가 자라겠지요?

우는 아이 말이에요

거품을 물고 도마 위를 들썩거린

방문 안쪽에선 여전히 비린내가 나고

방문 바깥에선 반짝거리는 아이 말이에요

버드 세이버Bird Saver

왜 기어이
투명한 곳을 골라 죽었니

너는 죽어 너의 속으로 들어가는 거니

이빨 하나 없던 부리 속으로
마주 보이는 하나를 반드시 물고
유리의 면, 그곳은 처음으로 네가 너를 본
순간이라 잊을 수 없는 거니

비슷한 것들이 비슷한 것을 먹는 건
편식이니까
새는 새만 먹지

새끼 새를 먹은 뱀은 어미 새가 먹지

너는 항상 그렇게 말해,
 마주 오는 새와 부딪힌 새 중에 한 마리만 남으면 돼,
라고

그럼, 둘 중 어느 쪽 새가 어느 쪽 새로 들어갔고

너는 어느 쪽이었다가

어느 쪽이 된 걸까

아마 넌 거울 대신 맹금류 속으로 들어가면 네가 맹금류일 거라고, 그래서 같은 종種만 먹는 거라고 딱따구리처럼 부리를 깨부수는 것이겠지

직전의 목격은 그제야 볼 수 있고, 그건

도망치지 않으니까 말이야

바람이 날개를 뽑으면

육지가 될 거고

처음으로 하얀 배를 보이겠지

분장실

인중을 늘이고
눈썹을 치켜드는
나를 마음껏 내려다보는 일
들여다보는 일
이곳에서만 흔하다

고개를 돌려가며 나를 흘기면
가장 하찮은 부분이
가장 중요해지고

구겨진 티슈 한 장으로
태어나는 이름들,

나는 나의 이름을
다섯 살 때부터 알았고
그 이전의 나의 이름은 나를 자꾸
다시 지우게 했겠지만
누군지도 모르고 나를 흘겨보았겠지만

브러시를 들면 나는 빨강 보라 분홍
간지럼을 태우며 얼굴 밖으로 흩어졌다

서양식 윤곽의
그늘 없는 그림자들,
그늘진 곳을 만들어 요람을 세우듯
닦아낼수록
엄마들의 배 속에서는
밖으로 뛰쳐나오는 역할들이 있고

뭉개지고 번져도 묵묵히
나를 다시 그려내는 일
이곳에서만 흔하다

엄마의 엄마에게

한 번도 보지 못했던 사람을 꿈속에서 볼 수는 없는 일일까요?

엄마의 엄마는 꼬불꼬불한 유선으로 된 유언을 남기고 떠났어요 우리는 언제부터 무선이 되었을까요

불공평한 일들에 출연하는 건 연극뿐만이 아니죠 여자 기숙사의 담벼락을 넘는 일이나 소금기가 없는 버터를 플레인베이글에 바르는 일이나 아주 늙어 절뚝거리는 꽃게를 삶아 먹는 일이나

아주 새빨간 독수리를 봤어요 이마에 빨간 점이 있어서 독수리가 빨간 줄 알았거든요 부리가 날아오르면 빨간 점이 우수수 떨어져요 무조건 독수리의 것은 아니지만요

개구리를 좋아하는 친구도 만났어요 개구리가 집 안 곳곳에서 폴짝폴짝 뛰어오르는 상상만 하며 사는 친구예요 어느 날 배전함 속에서 튀어나온 개구리가 지지직 소

리를 내며 친구의 새가슴에 바싹 붙기 전까지는요

샘플만 가지고 사는 친구를 만났어요 비매품을 가질 때만 진짜 사는 거래요 아무것도 가져갈 수 없다면 아무 것도 살 필요가 없어요

칠면조와 꿩, 낙타와 두더지, 암탉과 원숭이가 같은 종이라고 박박 우기는 사람을 만나고 돌아오는 길이면 지붕엔 언제나 똑똑 물이 새고, 나는 전혀 인기가 없는 사람이 되어요

농장에서 날마다 하는 일은 둥지에 들어가 알을 세고 알을 빼앗는 일이지요 알을 낳을 수 없으면 깨거나 뺏거나 세거나. 알을 낳는 일 외의 모든 일을 할 수 있어요

어둑어둑해질 무렵이면 갑자기 기분이 좋아진다고 말하는 사람들을 만났어요 마술사들이 다락방에 올라가면 내 몸은 마음껏 울어도 울지 않지요

필라테스 언니

우리 몸의 가장 특별한 점은 갈비뼈로 구분된 2층짜리 집이라는 거예요 우리는 모두 2층에서 긴장을 풀길 원하지만 1층을 단단하게 안정시키지 않으면 이 집은 계속 무너지죠

1층을 안정시키려면 맞아요, 다들 근력 운동이 어렵다고 생각하시는데 생각보다 간단해요 우리가 움직이는 동안 생겨나는 이 반대의 힘에 끝까지 저항하기만 하면 되죠 때로는 끝까지 반대해도 된다는 사실, 그것만으로 충분해요

절대 넘어지지 않으니 이 흔드는 힘을 끝까지 버텨내기만 하는 거예요 자! 그 힘을 똑바로 느껴보자고요 사람들은 자기 몸을 알게 되면 중심을 잘 잡을 거라 생각하는데 실은 자기 몸이 마구 떠는 걸 끝까지 겪다 보면 중심은 이미 집 안에 있죠 모든 걸 포기할 때 그게 잠시 멈춰선 거라 생각하는데 이 매트 위에 여전히 서 있는 거죠

다들 잘 서 계시네요! 아 2주 전이었나, 어떤 분이 오셔

서 제게 갑자기 이런 말씀을 하시더라고요 "당신의 삶은 안전합니다" 그렇다면 내 몸도 안전합니까? "네. 당신의 몸은 안전합니다"

그날 펑펑 울었지 뭐예요 그러니, 이제 슬슬 여러분의 몸이 언제 가장 파르르 떨리는지 아시게 될 거예요 그럼 집에 가서 끝까지 버티는 거예요 아셨죠?

틈

지구의 밤에 걸린 틈
참 예쁘다.

화성의 어느 사막엔 폐기된 반달들이 있다고 한다. 폐
차들처럼 바람의 방향으로 떠 있는 초순에서 중순들, 불
시착한 먼지를 조이고 닦는 분진의 기름칠, 쉬지 않는 바
람의 표적들이 떠 있다.

언니의 계절과 계절 사이를 훔친 나는 동그랗게 차오
를 언니의 아치형 질투. 홀쭉한 언니의 틈에서 뒤뚱거리
는 뒤태와 기울어진 발목. 부푸는 균형과 올라탄 무릎. 잠
못 드는 포즈와 사막의 콧소리. 바람마다 바뀌는 말투다.

이 모든 틈을 넣은 커피를 딱 절반만 남긴 채 언니는
화성 어느 사막의 앞뜰에서 요기의 포즈로 합성 중이고
나는 언니의 궤도를 역행한다. 언니의 틈으로 화성에 폐
기된 반달들이 바람의 질서를 바닥에 새기는 시간, 언니
의 귀걸이가 허리를 흔들며 늘어지는 정오.

폐기된 반달들의 주차장. 장기 주차를 신청한 엄마의 정오는 오래전 사막 언덕 꼭대기에 가지런히 결을 짜두었다. 바람이 엄마의 모서리로 스카프를 매고 있다. 우주는 넓고 어떤 곳은 스스로 볼록해지기도 하듯 나는 엄마의 배를 볼록하게 했던 달이었다.

언니의 사막에 있는 손톱만 한 틈, 나는 바람이 앉았다 간 괄호의 질서다. 방위를 맞추며 기다리지 않는 틈의 모양으로 방향의 질서를 잡은, 언니의 정오에 기댄 귓불이다.

그림에 가까이 가지 마세요
— 렌티큘러Lenticular*

정면은 다정하고
측면은 송곳니
가까이 다가가면
입꼬리 씨의 맛있는 웃음

열 마리의 늑대와
스무 마리의 카멜레온이 겹친
한 마리의 다면성
시선처럼 바뀌는
오, 다정한 입꼬리 씨들

내 몸엔 모르는 곳이 많아요
그곳을 찾아오는 입꼬리 씨의
세로의 생기는 아련하고

그림에 가까이 가지 마세요.

발등이 얼얼해지면 의자에서 일어나
엄마가 없는 것들을 골라 사 주고

친구가 튀어나오는 변명을 가르치는 입꼬리 씨들

방보다 깊은 방 안의 물건들 앞
굽어진 어깨를 펴는 새하얀 경례

귓불이 닿을 만큼 가까이 오지 마세요.

* 보는 각도에 따라 다른 그림이 나오는 입체인쇄의 한 종류. 어릴 적
에 참 많이 갖고 놀던 책받침이었는데, 어느 날 그게 참 무서워졌어.

일렉트리컬 프로미스Electrical Promise

우리 동네 전기 검침원은 사실 부류를 만드는 사람이
었지 따뜻한 부류와 차가운 부류, 단숨에 죽는 부류와 영
생하는 부류, 믿을 만한 부류와 믿지 못할 부류 등등 오
늘은 마지막 날이라며 손을 댈 수 있는 부류와 손을 못
대는 부류도 알려줬어 갑자기 미친 척 물을 가까이 하지
말라고 소리소리를 지르곤 인사도 없이 나가버렸지 감전
당한 사람처럼 상자 속에 살면서 우리는 몇 번이고 물어
보려 했지만 끝내 묻지 못한 질문, 왜 전기는 벽을 타고
마냥 안으로 들어오기만 하는 거죠? 하지만 그건 너무
물소리가 났지

네가 신발의 찍찍이를 지지직 떼며 들어왔지 왜 전기
는 물에 닿으면 안 될까 물은 식을 줄만 아니까 그게 깜
깜해지는 건 아니잖아 어떤 부류도 식으면 모조리 까매
질 수 있지

하긴, 아까 검침원이 몇 년째 플러그만 꽂아두고 켜지
않은 노트북을 슬쩍 보더니 나를 쓰윽 흘겼어 감전당한
사람처럼 그래서 내가 발소리를 냈지 걔는 물에 빠진 적

없어요!

　매번 빗물에 젖는 저 전선들을 보면, 사실 물은 우리 손을 싫어하는 거야 우리는 죽음을 싫어하니까

　수도를 틀면, 때로는 역겨운 것들만 지우고 싶을 때 오늘 처음 닿았던 네 두 가슴마저 지워져 환해지는 기억들은 깜깜해지지 우린 푹 파인 모래를 움켜쥐면서 물도 발자국도 아닌, 모래 속으로 숨은 작은 게처럼 옆으로 휘청거리고. 그래 죽음은 그런 거니까, 차갑게 식어가는 게 싫은 그런

　죽음은 피복의 한 종류야
　양발은 여기서 타다닥, 깜깜해지는

　마냥 들어오기만 하는 약속이지

타임키핑 Timekeeping

타임캡슐에서 사과씨가 나왔다. 씨앗은 사과만 기억했고 언제나 사과의 중심부를 차지하려고 했다. 사과를 반으로 갈라 먹은 우리의 이가 시큰거렸고 씨앗은 언제나 중심에서 싹 트고 중심에서 썩었다.

사과씨를 심으면 자라는 것은 시큰시큰한 입맛이었고 그것은 몇 배수로 늘어날 사과들의 약속이었다. 사과는 사과를 잊은 적도 없었고 사과나무에서는 항상 사과만 열렸고 우리는 끝까지 시큰거리는 입맛으로 씨앗들을 뱉어냈다.

사과는 공중의 눈동자처럼 빨갛게 충혈되곤 했다. 동그란 눈동자로 주변을 어슬렁거렸다. 이따금 우리의 틈으로 떨어진 사과들은 구겨진 얼굴로 발견되었다. 씨앗을 삼킨 적이 없는데도 말끝에서는 씨앗 맛이 났다.

두 쪽으로 갈라진 사과는 마주 보는 사이였던 것이 틀림없다. 두 마리의 나비처럼 날아갈 것 같았다. 지키지 않는 약속은 신맛이 났고 지켜진 약속은 왠지 텅 빈 맛이 났다.

　꽃 대신 심어놓은 서로의 꽃말을 지우기로 하면서 홑
잎의 씨앗을 삼키기로 하면서 질겅질겅 질긴 입맛의 흉
내를 냈다.

거짓말

희망하는 것들을 거울에게 몽땅 들켰을 때
너와 나 둘 중 누가 깨져야 하니.

우리는 지금 거울에 들킨 거니? 마주 보는 것들은 믿
을 수 없어. 거울 속 반대를 약속 장소에 내보낸 거니. 나
의 거울에 묶어둔 네 왼뺨이 내 오른뺨이라 우기면서 우
리는 얼룩말의 붕대를 풀어 각인刻印을 새긴 거니.

딱 반만 붕대를 감고 있는 얼룩말을 보러 거울 속 동물
원에 갔었지. 한 번도 트럼펫 소리가 나지 않는 트럼펫피
시를 잡으러 바다에 갔었지. 트럼펫피시의 오해와 아말
감의 이빨 자국과 서로의 미간을 들이켜고 얼룩을 풀어
얼룩말을 놓아주었지.

네 오른 쇄골과 내 왼 쇄골은 찰나의 장소일까? 아가
미에서 흘러나온 유리 방울로 헐떡이는 우리는 다른 지
느러미를 보았지.

구애, 구애

바우어는 눈동자 색깔이 이상했다고
우리가 첫눈에 사랑에 빠졌다고 했다

어느 것에도 구애받지 않는 사람의 구애 방식과 그 누
구에게도 구애하지 않는 사람이 구애받는 방식은 어깨를
들썩이거나 건들거리면서 발을 바꿨다

네가 기침을 하자마자 내 목소리가 갈라졌고
결국 풍뎅이의 날개와 산딸기로 정원을 꾸미고
원숭이의 얼굴과 벌새의 깃털,
공작의 꼬리가 되었다

부리와 뺨은 너무 가깝게 닿아 있었다
분절된 언어엔 세간이 필요 없다고
빙글빙글한 너의 노래가
목구멍에서 시큰거렸다

사람을 따라 하면서
타종他種을 흉내 냈다

빨간 눈을 가진 새를 찾다가
집을 텅텅 비웠다

당신의 집

가만 보면, 너는 참 새집 같아 새 집? 아니 새의 집. 그, 정말 작은 새만 들어갈 수 있는 나무로 된 작은 집. 아, 옆집 사람 집 앞에 줄줄이 매달아놓은 그거? 응, 그거.

근데 나는 옆집 문에서 사람이 나오는 건 봤는데 저 새집에서 새가 나오는 건 못 봤다? 한 번도.

나라도 저 새집에서 잠을 자고 나올 일은 없을 거야. 땅 깊숙이 단단히 뿌리 내린 커다란 나무의 가지 사이, 한여름엔 시원하고 한겨울엔 하얗게 밝은 곳에서 내가 줄곧 살아왔다면.

참 이상해. 사람들은 왜 새의 집을 모두 공중에 매달도록 만들었을까? 둥지는 튼튼한 나뭇가지 사이에 기대어 있지 공중에 있지 않잖아. 그런데 새장도, 새집도 모두 어디 하나 기댈 수 없게 만들어놓았어. 사람들은 새집이 가지 끝에 매달려 있다고 생각하는 걸까? 그래서 심지어 새장 속에는 철봉같이 생긴 매끈한 나뭇가지 하나만 놓여 있는 거고? 날아다닐 수 없으니 매달려 있으면 좀 낫지 않나?라고 생각했을지도. 에이, 그럼 너무 슬프다. 새가 도망치지 못하는 건 날지 못해서가 아니라 쉬지 못해서네 그럼.

공중에 무엇을 매달면 그만큼 하늘은 우리에게서 멀어지잖아 날아야 하는 곳에서 그 대신 매달려 있다면 하늘은 천장이 되고 그럼 새에게 하늘은 어딨어? 새는 날아야 하늘을 알지. 그런데 사람들은 높은 곳에 매달려 있으면 하늘을 나는 기분인가 보지. 날아가는 것보다 천장에 매달려 있는 게 이곳에서는 더 높아 보이잖아.

그래서 그랬나.

에이, 난 그럴 바에 걸어 다니는 닭둘기가 되겠어!

아니, 그래서 왜 내가 새집 같아?

원더랜드 페르소나 Wonderland Persona

진실엔 표정이 없다는 생각을 하자마자 마법의 빗자루
와 공중 전차, 회전목마를 타러 갔다

우리, 너무 일찍 왔나 봐

우리는 아이들이 흘린 과자를 쪼아 먹는 작은 참새나
재빠르게 핥아야 하는 한여름의 아이스크림 같았다

우리가 모르는 우리의 얼굴들은 늘 급하잖아,

언제 끝날지 몰라서 언제라도 끝날 수 있는 것들은 늘
모르는 표정만 지어 곤혹스럽지만 나는 사실 공중을 참
좋아했다

나는 보통 바람에 가장 무심했고 이곳에서는 가장 무
심한 것이 가장 치명적이었고 진실은 바람처럼 딛지 않
았다

육교 위 달리는 자동차의 붉은 정수리 속으로 움푹, 내

가 녹아버릴지도 모른다는 생각을 하기 전까진

　단지 말끔하게 녹아버린 것들을 보면 돌연 턱이 짓눌리고 앞니가 뭉그러질 것 같잖아? 아주 쓸데없거나 너무 시끄럽거나 하여간 철저한 망상들이란 언제나 그렇게 원더랜드처럼 어딘가 움푹 녹아버리는 것 같지

　얼떨결에 추락하고 아슬아슬하게 매달리고 왈칵 뒤집힌 채 순식간에 넘어가는 건 손목에 감은 티켓을 수갑처럼 꼼꼼히 확인하는 누군가의 원더랜드로 들어간 거야 속도가 게임인 게임. 우리 사랑 영원하기를,

　한여름 더위와 한겨울 추위를 타지 않는 누군가는 모두 얼룩이었다 자세히 볼수록 물감은 곡선을 따라 흘러내리기만 하고 인간의 얼굴이란 흘러내리는 색깔로 구분되고 어느 날 네 눈 코 입은 얼룩처럼 뭉개진 것뿐

　반드시 녹을 수밖에 없는 게임은
　재빠르게 핥아야 하니까

우리는 오래오래 영원히를 꿈꾸면서
발이 닿지 않는 말을 타고
그것들은 언제나 한 번에 하나만 탈 수 있고
또다시 타게 되면 처음부터 다시 기다려야 하고
매번 앞사람과 뒷사람은 변하고
그 시간만 참아내면서

우리 사랑 영원하기를,

생애 발로 넘어진 적보다
흘러내린 얼굴로 넘어진 적이 많다는 건
모두 페르소나잖아

내 몸보다 인형의 유연으로 삐걱거리면서

양손에 요술 봉을 들고
웃는 입가를 그려 넣고
오늘만 기념일인 것처럼

그런 것들은 늘 성미가 급했다

영장류처럼 긴 팔을 사랑해

악수握手의 길이는 긴 팔이 알고 있을 거야
넌 등을 만지는 방법을 알고 있니?

너의 팔은 점점 자랄 텐데
그 팔을 늘리려면 끊임없이 경계해야만 해
온기가 말초에 다다를수록
검붉은 목젖이 오르락내리락
길어지고 빨개진 너의 목을 안고

자, 이제 꼬리를 잘랐으니
너의 팔이 툭! 하고 날 치면
나는 고래고래 소리를 높여 회개할 거야
내 죄를 사해달라고
지난밤 팔이 늘어난 영장류들이
넓적한 맨홀 뚜껑에 이마를 박고
둥그런 가장자리를 물씬 두들겼어
아마 급하게 손끝을 구부려버렸나 봐

내 손이 닿은 너의 등뼈는

펑펑 울고 있겠지

버드나무와 용감한 늪과
넓은 모래밭이 있는 곳으로 가자
조개와 물새와 잎새가
부푼 내 배 속을 휘저으면
한껏 불어난 날개가 너의 팔이라고 착각할게

모래가 저희들 사이로 몸을 숨기듯
긴 팔을 한 걸음 떼고 있겠지
너의 척추가 하나둘 벌어지는 순간으로
팔꿈치를 구겨 넣을 거야

뒤집힌 파라솔

고작 몇 날의 구름과
몇 날의 생리 주기가 들어가기에도 좁은,

웅덩이는 아이를 낳은 적이 없어요

스스로 파장할 수 없지만
파라솔 아래 긴 이야기들은 짧은 치마를 입었고
짧은 이야기들은 뒤집힌 웅덩이처럼
첨벙첨벙 밟혔지요

남자들은 덜컹거리고 그럴 때마다 물이 튀었던

파라솔은 하루를 비스듬하게 만들고
또 비스듬한 것들은 정면이 되게 했어요

고백들엔 바람,

혼자 두면, 혼탁한 것들,
가장 아래쪽에다 가라앉혀두어요

뿌옇고 무분별한 것들을 밟으며 무조건 참다가,

참은 곳으로 뒤집히지요

뒤집힌 건 모두 불편하지만

혼자 마를 줄도 아는걸요

4부
나는 복숭아를 좋아해요

나비 정원

두 날개로도 충분히 날 수 있습니다 하지만 새에게 잡아먹히지 않으려면 현란하고 불규칙적으로 날아야 하므로 네 날개가 필요합니다

그는 우리가 나비이기 때문이라고 했다. 훨훨 날기 위해서는 간지럼을 버텨야 한다고 했다. 그 사람은 종종 나비처럼 보였다. 마을 사람들은 그가 나타나면 모두 난데없는 미소를 지으며 손뼉을 쳤고 성서의 구절을 외우며 그의 뒤를 쫓았다. 물감을 뿌리고 반으로 접었다 펴면 그 사람은 나비를 떠올렸고 우리는 자신의 깊숙한 곳을 떠올렸다. 그는 그곳에서 나비가 자라는 중인 거야, 했지만 우리에겐 얼룩덜룩한 무늬가 자랐다.

그는 우리를 자주 나비 정원으로 데려갔다. 한 명씩 데리고 들어가 나비를 배워야 한다고 했다. 나비들은 정원 선반에 앉아 날개를 오므려 세웠고, 그는 정원 모서리 낡은 요에 앉아 우리의 다리를 오므려 세웠다. 우리는 모두 간지럼에 수분을 겨우 버텼고 결국엔 양다리를 털썩 바닥으로 떨궜다. 나비는 이파리에 알을 낳고 그는 우리의

131

배 위에 알을 낳았다.

창가엔 늘 그것을 지켜보는 나비가 있었다. 나비는 우리가 쓰러지면 곧 펄럭이며 날아갔고 우리 몸은 곰팡이가 피는 것처럼 간지러웠다. 나비에게 물려도 죽은 사람은 없지만 아마존 나비에게 물리면 배탈이 난다는데. 우리는 그 사람을 종종 아마존 나비라 생각했다.

너도 배탈이 났니. 창가의 나비가 좀처럼 펄럭이지 않았다. 그는 바느질 함 속 작은 침을 나비의 가슴에 꽂았다. 관통한 나비의 등이 잠시 미세하게 펄럭였다. 우리도 잠시, 간지러운 배꼽을 버텼다.

액자 속 나비의 날개가 매미처럼 투명해졌다. 그는 나비의 날개가 투명해지면 천국에 간 것이라 했다. 나비는 죽을 때까지 자신이 어떻게 날았는지 모를 텐데. 우리는 잠시 그 사람이 새라고 생각했다. 새들은 눈치채지 못할 것이지만 투명하지 않은 나비는 없잖아,

나비 정원에는 꽃가루를 옮기는 나비도 있지만 일부 네발나비들은 동물의 사체를 좋아했다. 아마존에서는 뱀눈새가 나비를 진흙에 찍어 먹기도 한다는데. 우리는 그 사람을 종종 뱀눈새라고 생각했다.

돌의 문서

잠자는 돌은 언제 증언대에 설까?

돌은 가장 오래된 증인이자 확고한 증언대야. 돌에는 무수한 진술이 기록되어 있어. 하물며 짐승의 발자국부터 풀꽃의 여름부터 순간의 빗방울까지 보관되어 있어.

돌은 한때 단죄의 기준이었어.
비난하는 청중이었고 항거하는 행동이었어.

돌은 그래.
인간이 아직 맡지 못하는 숨이 있다면 그건 돌의 숨이야. 오래된 공중을 비상하는 기억이 있는 돌은 날아오르려 점화를 꿈꾼다는 것을 알고 있어.

돌은 바람을 몸에 새기고 물의 흐름도 몸에 새기고 움푹한 곳을 만들어 구름의 척후가 되기도 해. 덜어내는 일을 일러 부스러기라고 해. 하찮고 심심한 것들에게 세상 전부의 색을 섞어 딱딱하게 말려놓았어. 아무 무게도 나가지 않는 저 하늘이 무너지지 않는 것도 사실은 인간이

쌓은 저 딱딱한 돌의 축대들 때문일 거야.

잠자던 돌이 결심을 하면 뾰족했던 돌은 뭉툭한 증언
을 쏟아낼 것이고 둥그런 돌은 굴러가는 증언을 할 거야.

단단하고 매끈한 겉을 내주고 스스로 배회하는
돌들의 꿈
좋은 것도 나쁜 것도 없이 굴러다닌 거야.
아무런 체중도 나가지 않을 때까지.

뺨 맞은 관계들

신의 영역에는 왼뺨과 오른뺨이 있다.
나는 울 만큼 울었고 왼뺨이든 오른뺨이든
맞을 만큼 맞았다.

나는 부어오른 뺨, 손바닥만 한 관을 보았다. 관 속으로 캄캄한 회개와 변덕스러운 깨달음이 찾아오고 나는 대답 없는 조사弔詞를 태웠다. 내가 닫을 수 없는 것은 내 관뿐이었다. 오른뺨의 잘못으로 왼뺨을 맞았다. 가망이 있던 곳은 뜨겁게 타버렸다.

열매를 먹고 죽겠다는 사람이 나타났다. 떨기나뭇과는 언제나 발등을 보니까, 꽃말처럼 겁쟁이니까, 분칠한 뺨보다 부어오른 뺨이 시끄러웠다. 모든 사람은 찌거나 빻거나 열매를 먹다가 죽는걸요, 그러니 계절을 물어낼 이유가 없죠. 불규칙한 톱니와 잎자루를 가진 여지餘地는 여지가 없는 법인걸요, 하지만 가망이란, 먹구름들의 확률 같은 거죠. 겨울비를 맞고 죽겠다는 사람이었다.

터져서 익어가는 열매들은 모두

뺨 맞은 열매들이다.

벗은 사람은 흉터가 많다.

씨앗을 뱉어낸 손바닥엔 죄목이 없고,

삼킨 목젖엔 아무런 증거가 없다.

벌룬의 저주

신에 취한 사람이 걸어왔다 술에 취하고 음식을 탐하는 자는 가난해질 것이므로 후! 입술을 비틀었다 옆으로 새어 나간 말들과 꼭꼭 씹힌 말들로 으드득으드득 용서를 비는 중이다 그르렁대는 입속, 누군가는 썩은 구덩이 안에서 누군가는 하얀 염증 밑에서 물을 길어 올리겠지 성수라고 하던가? 밤에만 우물가를 찾는 여인은 짐승의 이빨 사이로 울어본 적이 있어 울음이란 짐승의 이빨 사이에 머리를 집어넣고 다물어지지 않도록 버티는 거야 누가 먼저 으스러지는지를 생각해보면서 지끈거리는 두통은 내 증오가 무서워서, 치아는 매일매일 새로, 매일매일 뽑고도 또 자라고 또 빠져나가지 할 말들을 다 하기도 전에 발음을 잃어버리고 소리를 잃어버리고 삼키다 만 빵 부스러기로만 말을 하지

내 치아가 이상해요 치아가 다 빠져버렸어요 우산처럼 입안에서 자꾸 펴졌다가 한 번에 목구멍으로 접어 들어가요 비가 그치면 목구멍으로 비가 내리면 바글바글 우글우글 파리지옥처럼 치아를 삼키고 폐 속은 답답한 말들로 가득해져요 달그락거리며 아무리 노래를 불러도 이야기를 뱉어낼 길이 없어요 빠져나갈 구멍이 없는 벌룬

의 저주는 터뜨려야만 하지만 그땐 숨 쉴 구멍마저 신이
빼앗아 가지요 그 어느 것도 용서 아닌 것이 없고 또 복
수 아닌 것도 없잖아요 그럴 땐 벌어진 팔도 늘어난 목구
멍도 틀리지 않게 손을 흔들며 울어야 해요 헷갈리게 된
다면 더 이상 취하지 않을지도 모르죠

언니의 노래

전후가 없는 숨,

언니는 여름 하품을 반복하고 있어요
책 모서리와 계단 끝, 문고리의 근육을 빌려 와
안쪽이 웅크린 노래를 만들고 있어요

언니는 구겨진 귓속에서
미간을 찌푸려요
노래를 부르는 사람은 언제나 기다리는 역할이고
기다리는 것을 기억하는 일은
언니의 안쪽이 부푸는 일이니까요

　엄마의 말투는 집 안에 있는 백 개의 근육을 가진 모든
악기를 깨울 수 있지만 양손으로 텅 빈 계단을 오르락내
리락하면서 구멍 난 아빠의 뒤꿈치를 여밀 수 있지만 여
전히 백 개의 근육을 빌려 올 수 있는 것은 언니뿐이에요
이웃 마을에서 빌려 온 새끼 여우의 울음이나 옆집에서
빌려온 토끼의 뒤꿈치는 모조리 언니의 비강으로 뛰어
들어오거든요

언니는 오늘도 미분음微分音을 계산하고 마을 어귀의
종소리를 허밍해요

뒤뜰에 자란 채소는 고요하고
온통 비어 있는 노래엔 바깥이 없어요
귀를 막은 노래는 언니의 입술에서 날아가고
지난달, 밖으로 깨진
언니의 가슴은 구를 수 없어요

꽃 없는 열매

신이 관여한 나무엔
예쁜 말이 없다

벌받은 꽃
열매가 벌어지는 차선을 택하고
무릎이 말랑해질 때까지 계단을 꿇었다

무화과를 먹으면
멍든 맛이 나는 것은
신의 맛이기 때문일 것이므로
모든 반대의 것을 읊조렸다

기도 없는 저녁 식사와
주일 수당을 받는 노동자
그리고 회개 없는 박수들
박제된 울음이 끝나면
세계에서 가장 오래된 죄인 중의 괴수들은
떨기나무 잎으로 몸을 가리고
흰 젖처럼 흘러내렸다

완전보다는 7할 혹은 8할이 더 극성스럽지,
오뇌懊惱는 머리 둘 곳이 없음에도
이파리를 흔들어야지,

못 갖춘 꽃 대신 혹이 자랐다
섣부른 내조에도
어려서도 열매를 맺을 수 있는
잎으로 어긋났다

아픈 공기

아프지 않으면,
빗방울은 으스러지는 고통이 되고 말 거야

축구공 속으로 은신한 맹신들은
오각형으로 의심을 샀다.
왼쪽을 차면 오른쪽으로
오른쪽을 차면 다시 왼쪽으로 의심은 휘어졌다.

의심이 새어 나간 구멍은 실수라고 했지만
사실은 목적이었고 오른쪽과 왼쪽이 한곳으로 합쳐
지면
환호하는, 절망하는 스코어.

멈추는 것을 불신으로 두고
질주하는 것을 믿음이라 불렀다
약하거나 세거나 휘어지거나 곧거나
결국엔 걷어차기만 하면 되는 곳.
공기들의 근무처는 두드려 맞는 것이 목적이었고
속임수와 맹목의 결말들은

맑은 날의 우산보다 하찮았다.
익숙한 관습으로 의심을 메운,
모를수록 팽팽해지는 거미줄이었다.

공기를 가두던 모든 곳은
찌그러지는 관성의 출발지.
숨겨놓고 꽁꽁 가죽으로 싸맨
어떤 저항서에도 나와 있지 않는
은신처들.

한 공기를 숨통이 트일 때까지 차고
우르르 몰려다니는 놀이였다.

풍선 부는 사람

입 주변을 하얗게 칠한,
노랑 빨강 파랑이 가득한 사람이에요

비닐 공장의 기계처럼
똑같은 표정으로 춤을 추지요

사나이는 자신의 숨을 나누어 주었으므로
신神의 한 종류로 분류되기도 해요

키다리 아저씨가 되는 방법,
까맣고 긴 바지만 입으면 되는 것일까요
바지는 자꾸자꾸 자라지만
일이 끝나면 원래의 키로
가뿐히 뛰어내리면 되니까요

바지가 길어지면 손가락도 길어져요 모든 것이 태어난
손엔 늘 올빼미가 울지요 일당은 제 숨을 불어 넣은 칼에
맞아 펑펑 터지면 받을 수 있고요 사람을 웃게 하는 신은
그래서 성별이 없고 풍선은 언제나 미리 울 준비를 하고

있어요

다만, 풍선 속을 후우— 불었을 뿐인데
우리는 점점 바람이 빠지고 있는 걸까요

신은 언제쯤
자신의 키에서 뛰어내릴까요

수레 무대

수레 무대가 순회공연 중입니다.
바퀴들은 중세적이어서 맹목적으로 덜컹거립니다.
덜컹거릴수록 바퀴들은 가난해집니다.
그렇게 또다시 가난은 갓길에서 순회공연을 하는,
저 수레 무대는 어떤 종교의 포교입니까.
중세의 수레로 순대와 어묵을 팔고 있는 배우들은
어떤 종교의 성직자들입니까.
푼돈은 견딤으로 환전 중이고
낮은 곳으로 임하리라는, 지지리 궁상입니다.
돌로 된 천장과 두꺼운 벽, 작은 창을 만들고는
어둠에서 빛을 발하리라는 뜬금없는 양식입니다.

수레를 세우고 의자를 놓고
우스꽝스러운 분통을 터뜨리는 저 말끔한 배우들은
모두 조연이면서 주연입니다.
역할들이란 가끔 분통을 터뜨리는 일입니다.
희극적인 역할은 잔을 돌리고
먹살잡이는 후회하는 실전입니다.
저기 골목, 벽을 짚은 사람을 비추는

가로등은 독백입니다.

막간극으로만 이루어진 이 수레 무대들은

높은 데서 호산나*

가난의 찬미를 받을 생각이 없고

낮은 곳으로 흐르는 쥐의 피를

벼룩이 빨아 먹는 일이라면

꼬치에 꿰인 어묵들은 신비로운 기적입니다.

곱슬곱슬 수염을 가진 해설자가 소개하는

오늘의 공연은 뒤늦은 슬픔입니다.

* 예수가 예루살렘에 입성할 때 히브리 백성들이 그를 왕으로 환영
하며 외쳤던 개선의 찬미. '찬미받으소서' '거룩하시도다' 등으로 해
석된다.

항아리 마을

캄캄한 숲에선 여전히 파도 냄새가 났다 나뭇가지 사이로 밤바다의 등 푸른 생선들이 펄떡거렸다

숲 너머엔 작은 바닷길이 있다고 했다 삼촌은 매일 바닷길을 건너 작은 항아리에 물고기를 담아 왔다 동생과 나는 삼촌의 커다란 장갑 한 쌍을 나누어 낀 채 매일 삼촌을 기다렸다

캄캄한 새벽은 훌쩍거리기엔 너무 조용했다 나는 너구리에게 들킬까 동생의 동그란 콧방울을 목도리로 덮어주었다 벌어진 그물 사이 튀어나온 물고기의 주둥이처럼 동생의 콧방울이 느슨해진 털 구멍 사이로 불쑥 튀어나왔다

동생은 까끌거리는 목도리를 펼쳐 물고기를 잡았다 우리는 매번 물고기를 기다리지만 잡아본 적은 없었다 삼촌은 삼촌보다 키가 커지면 물고기를 잡을 수 있다고 했지만 우리는 삼촌보다 큰 아주머니를 본 적이 없었다

파스락파스락 낙엽을 숨긴 눈 뭉치들이 삼촌의 커다란 신발에 바스라졌다 뒤뚱뒤뚱 항아리에선 첨벙거리는 소리가 났다 삼촌의 어깨엔 마른 파도 거품이 이리저리 구겨졌다 푹 파인 숲의 구덩이를 밟을 때마다 항아리에 붙은 조개 부스러기들이 파도처럼 떨어졌다

삼촌이 뚜껑을 열었다 캄캄한 항아리 속에서 푸른 물고기들이 펄떡거리며 날아올라 꼭 그만큼 바닥으로 떨어졌다 바닷길을 건너 숲을 지나는 동안 물고기들은 꽤나 앙상하고 단단해진 모양이었다

한 번도 날아오르지 않은 물고기는 본 적이 없지만 푸른 등은 매번 붉어졌고 우리는 오므린 항아리의 입구를 들여다보기 좋아했다

아침 식사가 끝나면 동생은 제멋대로 숲을 휘젓고 다녔다 너구리들은 버려진 마차와 부서진 돛대 밑에서 장대비를 견뎠고 동생은 매번 그곳을 찾아다니며 너구리에게 먹다 남은 물고기 꼬리를 던져 주었다

불면증

동생과 나는 떨어지는 것들에 며칠 동안 이름을 붙이는 중이에요

그곳에 가면 저녁이 될 거야, 하고 팔짱을 끼면
우리는 이미 며칠이 되었지요

보드라운 가슴 털을 가진 손바닥 인형과 염소의 눈을 단 종 목걸이,
모서리마다 윤이 나는 트라이앵글, 작은 말만 할 줄 아는 캐스터네츠

깨고 달아나는 토끼의 귀를 잡아 눈이 빨개질 때까지 눈으로만 말해요
당근을 집어 들고 오래 걸리는 이야기를 우걱우걱 씹어요

우리는 언제쯤 나를 말할 수 있나요?

땀이 송골송골 맺힌 이마가 다시 웃으려면 시간이 걸

리겠지요

동생과 나는 아무도 모르는 병에 걸려서
하루가 더디게 흘러가는 통증은

유치하거나 촌스러운 것이 없죠
생각은 늘 깨지 않아 생생하고

나는 언제나 침대 밖을 위해 기도해요

우리는 다시 당신을 기다릴 필요가 없지요

오렌지 섹션Orange Section[*]

여타의 모습이 일곱 명쯤 있어요
해가 지면 각기 다른 사람의 피어싱을 해요

무릎은 어떤 용서에서 주저앉았나요?
구부리지 못하는 손가락은 무엇을 두려워하는 중인가
요?

　계절을 거스르는 바람, 한낮이란 자세를 낮추고 황소
나 사자의 경기를 관람하는 시간이에요 머리털이 모두
쭈뼛 선다면 말랑한 몸에도 바람이 불지 않으려나요 딱
딱하게, 언제나 동트기 전에 부는 바람이에요

　때리는 손바닥은 맞은 편의 피어싱,

　자신을 줄 세우기 좋아해요 매일 온몸에 있는 마디의
순서를 정하고 어느 곳에서 어느 곳으로 빠져나올지 상의
하죠 오늘은 어떤 괴기스러운 포즈로 잠에 들지 정해야
해요 여럿이 모두 같은 곳에 피어싱을 하려다 죽을 뻔한
적도 있으니까요 순서를 정하는 건 최선의 처방전이죠

어떤 은세공 작품처럼 푸르스름한 새벽, 아마 강물이 이것을 본다면 더 이상 흐르지 않을지도 몰라요 넘실거리며 찬란해진 몸에도 황소나 사자에게 물린 것처럼 모서리마다 댐이 만들어지죠 가장 반짝이는 날, 가장 미안한 인사를 해요

저녁 별이 아득해요 전갈자리나 물고기자리처럼 양팔을 뻗고 싶지만 오늘은 창가에 우는 산이 많아요 더 이상 어깨를 흔들 수 없다면 뻐근해진 손목으로 두 팔을 감싸죠 흔들지 못할 땐 가만히 안아주면 될 것을, 나는 이제 잠자리에 들고 아침엔 관절에 좋은 바나나를 먹고 한낮엔 바람을 맞아 나의 잘못을 알 거예요

구부리고 펴기를 잘하지 못하는 병**은 정말이지 꼭 오렌지 같아요
아무 데나 쿡 찔러도 누런 진물이 나올 것 같거든요

* 오렌지처럼 사방팔방으로 나뉜 구역.
** 역절풍歷節風, 마음에서 기인하기도 하는, 주로 새벽이 되면 뼈마디가 아무 데나 붓고 아픈 병. 나는 15년째 이 병을 앓고 있다.

절취선

나는 절취선에서 나왔지만
다시 절취선을 열고 들어가려 했다.
그것은 가로지르는 체념,
오른손의 협조.

점선인 척 숨어 있는 직선에
차 한 대가 신호에 걸려 멈춰 서 있다.
세로의 가장 큰 위험은
가로의 속도.

차를 탄 엄마가 직진을 했는데, 분명 우리는 쉼 없이
달리고 또 달렸는데, 누가 탯줄에 절취선을 그어 엄마를
우두둑 끊어놓았을까.

우리는 그냥 절취선이었을까?

태어나는 행위는
한참 후에 알게 되는 일.
내가 죽는다는 것을 알아차렸을 때의 일.

안팎으로 엄마가 나를 덧대었지만 일직선마다엔 노을
이 아물어가고 웅크린 칼날이 들어 있고 따끔거리는 점
선이 기어 나왔다.

허파를 시침질하는 예비 동작
나는 더 큰 종이를 찾아
연필을 쥐지 않은 손목을 꽁꽁 묶어놓았다.

코끼리

코끼리는 크고 둥그런 귀로 하늘을 날아요

천적이 없는 코끼리는 그래서
뒤로 걸을 필요가 없고
오래된 기억을 길게 가지고 놀아요

하지만 그것은 곧 죽을힘을 다해 비명을 지를 수 있는 오래된 기억이 생긴다는 뜻이에요 입술과 코가 붙어 있는 건 말 대신 원인을 찾는 데에 더 영리하다는 뜻이고 유별나게 크고 둥그런 귀는 자신의 비명을 영영 잊지 못한다는 뜻이니까요 작은 상자의 7일, 둔중한 막대기의 70시간, 날카로운 꼬챙이의 70리, 단단한 쇠사슬의 7백 리 속에서 뒤로 걷는 법, 따끔거리는 막대기가 자신의 상아보다 더 작다는 걸 잊어버리는, 주춤거리는 놀이예요

3백 리를 걸으면 우리는 코끼리의 배고픔을 느낄 수 있고 그들의 아픔은 또 3백 리를 지나 두건 속 빨간 별들을 쓰다듬어주면 지워질 수 있고 그들의 그리움은 강 건너 맞은편 사탕수수밭을 지나 통나무 오두막에 닿으면

이해할 수 있고 두려움과 애틋함은 그들의 짓무른 발바닥이 벗겨질 때까지 숨을 참고 여울물 속을 건너면 깨달을 수 있대요

　그 거리를 갈 수 있을 때에만 말할 수 있는 것들이에요 악랄함이란 연민은 철없는 코끼리가 되어 먼저 하늘로 날아갈 수 있는 그런 날이 오길 바라는, 살 끝에서 따끔거리는 오래된 기억이지요 코끼리도 뒤로 코를 구부리고 우리도 매일 엉덩이를 뒤로 빼며 인사를 하니까요

그룹Groom

고양이는 자신의 털을
스스로 다듬죠
다정은 그룸 그룸…… 구름 같은 대답을 만들어요
물론…… 버려지듯 태어난 고양이에게는……

어머, 신이 너를 정말 사랑하시나 보구나
얼마나 크게 쓰시려고
이런 고난을 주시는 걸까?
너를 통해 너 같은 사람들을 치료하실 거야

니야—옹
내가 어떤 느낌인지 알아요?

오늘 아침에 늦잠을 잤는데 말이죠,
신이 신호등을 바꿔주셔서 늦지 않았어요!

니야—옹, 제발
당신 뜻이 아니라면 내게도 신호를 달라고요!

　　　　　하나님은 정말 응답이 빠르시죠!
　　　제 미래의 배우자라면 노란 블라우스를
　　　　　　　　입게 해달라고 했더니
　　　그날 바로 제 아내가 노란 블라우스를
　　　　　　　　입고 나타난 거 있죠?

파리도 없는 노란 하늘을 물어요
빙글빙글 돌다 늘어진 화분을 깼죠
옆구리를 핥아 음식이 아닌 것을 먹었어요

　　　　　　　　　　몸이 많이 안 좋지?
　　　하나님의 음성에 순종하면 평강을 누릴 텐데

신은 매일 빗질을 해줘야 한대요
　고양이의 귀와 꼬리는 상처받기 쉬워 매일 만져줘야
한다고
　그릉 그릉 그룸 그룸…… 약한 아픔으로 길들여야 한
대요

신호등처럼 옆구리가 울긋불긋해졌어요

물론…… 나는 하나님이 아니지만……
널 도우라고 특별히 보내주셨단다

고양이는 매일 구토를 하죠
그건 자연스러운 일이에요
다하고 지난 것들은 골라내 뱉어주어야 하죠

니야—옹, 오늘은 끊임없이 구토를 하는군요
지난 것은 뱉어주어야 하는데
자주 뱉는다면 미처 지나지 못했던 걸지도 모르죠 아마

넌 특별하단다*

아무 이유 없이 벌러덩 눕는 것은 쉽지 않아요
내 꼬리를 계속 쫓아다녀요

울음소리를 바꾸고

창가에 나가지 않았어요

아무에게도 내 번호를 알려주지 말아줘, 부탁이야

       아니, 나는 목사님이니까 괜찮을 줄 알았지

니야—옹, 나는 더 이상 내 털을 삼키지 못하죠
원래 고양이는 구토를 자주 하는 편이지만
그것이 아주 맞는 말도 아니었어요
나는 왜 아무리 기도해도 날 구해주지 않죠?

       사실, 진작에 넌 내 자식이 아니었어

그러니 버린 적도 없대요
자라나고 빠지는 것을 반복하다 보면
나도 신호등 건너편으로
스스로
고양이는 자신의 털을
스스로

지난 것을 뱉어내는 날이 온다면

나는 진작에……

왜 몰랐니?

이 사실을 아무에게도 말하지 말렴

특히, 너의 배우자에게는 말이다

특히, 상처받기 쉬운 귀와 꼬리로요

* 맥스 루케이도의 그림책. 작은 나무 사람 펀치넬로는 자신의 몸에 홈을 붙였다 떼어내기를 반복한다. 신은 우리를 있는 그대로 사랑하신 다는 이야기다. 그는 내가 왜 꼭 이런 걸 해야 하느냐고 물을 때마다 이 책을 꺼내 읽어주었다. 그룸 그룸…… 신랑groom 예수님을 맞이하는 준비. 어느 추운 겨울, 그는 날 강간한 뒤 하나님의 자녀가 된 걸 축하 한다며 이 책을 선물했다.

복숭아

할머니의 잠든 이마를 쓰다듬듯 가장 오랫동안
보드라운 복숭아 하나를 깎아요

물컹한 자두를 껍질째 입에 넣으려다가도
잘 모르는 딱딱한 복숭아 하나를 조심스레 깎아요

쭉 깎아내다 보면
늘 모르는 곳에서 나는 꼭 움푹, 물렁해져요

그래도 슬퍼지지는 않아요
나는 복숭아를 좋아해요

에로스의 시학

김보경
(문학평론가)

벽장 밖으로

숨기는 옷으로
성별이 생긴다.

부끄러운 옷.

숨기는 옷에서는 끝의 냄새가 난다. 아슬아슬한 말끝에
입는 옷, 단단하게 늙은 늑골이 물렁해진 끝.

[……]

수염을 기르고 오른쪽 젖가슴을 용감하게 잘랐다. 멋지게 활을 쏘려면 시끄럽게 울지 않아야 하니까. 오락가락하던 창살이 기어코 터져 나오지 않도록 숨기는 의자가 있고 종아리가 있다. 빨랫줄에 걸린 두 개의 생식기. 달팽이가 느린 건 사랑도 해야 하고 전쟁도 해야 하기 때문이다.

—「숨기는 옷」부분

「숨기는 옷」은 "숨기는 옷", 즉 다른 이들에게 보이기가 부끄러워 숨겨야 하는 옷에 관한 시다. 아마도 사회적 규범에 잘 맞지 않거나 지나치게 튀어서 숨겨야 하는 것으로 여겨졌을 이 "옷"에는 외부 환경으로부터 몸을 감싸 보호하는 기능 이상의 무언가가 있는 것 같다. 이시에서 옷은 성별을 생기게 함으로써 몸을 특정한 방식으로 변화시키고 조형하는 역할을 하기 때문이다. "숨기는 옷으로/성별이 생긴다"라는 구절은 어떤 옷을 입는지가 개인의 성별을 일러주거나 특정한 젠더를 수행하는 역할을 하기도 한다는 것, 나아가 누가 어떤 옷을 입는지에 따라 젠더에 대한 사회적 관념이 허물어지거나 재구성되기도 한다는 뜻으로 이해해볼 수 있다. 젠더 수행에 대한 여러 이론이 일찍이 지적해온바, 성별이란 타고난 몸에 귀속된 불변의 속성이 아니라 젠더 수행에 따라 변화할 수 있고 그에 대한 이분법적 구분은 역사적·사회적 기준에 의한 가름이기 때문이다. 고착화된 남성

성과 여성성을 허무는 아마조네스 여성과 같이, "수염을 기르고 오른쪽 젖가슴을 용감하게 잘랐다"나 "빨랫줄에 걸린 두 개의 생식기"와 같은 구절도 성별이 무엇을 입는지에 따라 변화될 수 있는 무언가로 상상되고 있음을 보여준다. 그렇게 시인은 또 다른 자신을 가리키는 "방 안에 숨겨놓은 타인"이 "그네를 타고 여름 별장에 다녀올 거"라며 "숨겨놓은 옷들을 어른스럽게 꽉 쥐고" 나선다고 쓴다. 숨겨둔 옷을 꺼내 '벽장'[1] 밖을 나서는 일. 이린아는 이러한 '나'의 후일담을 기록한다.

한편 이 시는 "사랑도 해야 하고 전쟁도 해야 하"는 주체로서 느린 "달팽이"라는 비유적 이미지를 제시한다. 일견 다소 낯설게 조합된 이미지로 보인다. 우선 이는 앞부분의 "단단하게 늙은 늑골이 물렁해진 끝"과 같은 이미지와 연결되어 있다. 또한 "숨기는 옷"을 입는 일은 "끝", 즉 어떤 경계를 넘는 것과 관련되며, 이는 단단한 것들을 "물렁"하게 풀어 헤치고 유동하게 만드는 액체 혹은 액화 이미지로 구현되고 있음을 알 수 있다. 달팽이는 점액을 분비하는 동물로서 이러한 액체 이미지가 동물화된 형상에 해당하는 것이다. 이처럼 젠더에 대한 경화된 관념에 갇힌 몸을 구속에서 해방시킬 때 그 자유

---

1 이러한 벽장의 비유는 이브 세지윅의 『벽장의 인식론*Epistemology of the Closet*』(1990)에서 퀴어 존재론 및 인식론을 설명하는 개념으로서 제시된 바 있다.

에 대한 상상이 유동적인 달팽이의 이미지로 자연스럽게 연상되는 것이 아닐까. 이러한 맥락에서 달팽이 외의 여러 시적 페르소나를 더 살펴볼 필요가 있다.

　　진실엔 표정이 없다는 생각을 하자마자 마법의 빗자루와 공중 전차, 회전목마를 타러 갔다

　　[……]

　　육교 위 달리는 자동차의 붉은 정수리 속으로 움푹, 내가 녹아버릴지도 모른다는 생각을 하기 전까진

　　단지 말끔하게 녹아버린 것들을 보면 돌연 턱이 짓눌리고 앞니가 뭉그러질 것 같잖아? 아주 쓸데없거나 너무 시끄럽거나 하여간 철저한 망상들이란 언제나 그렇게 원더랜드처럼 어딘가 움푹 녹아버리는 것 같지

　　[……]

　　우리 사랑 영원하기를,

　　생애 발로 넘어진 적보다
　　흘러내린 얼굴로 넘어진 적이 많다는 건

모두 페르소나잖아

내 몸보다 인형의 유연으로 삐걱거리면서

양손에 요술 봉을 들고
웃는 입가를 그려 넣고
오늘만 기념일인 것처럼

그런 것들은 늘 성미가 급했다
　　　　　　　　　—「원더랜드 페르소나Wonderland Persona」 부분

　한여름 육교 위 자동차를 보며 망상에 빠졌던 순간 착
상이 시작되었을 이 시에서 액체/액화 이미지들("내가
녹아버릴지도 모른다는 생각""하여간 철저한 망상들이란
언제나 그렇게 원더랜드처럼 어딘가 움푹 녹아버리는 것
같지""인간의 얼굴이란 흘러내리는 색깔로 구분되고 어느
날 네 눈 코 입은 얼룩처럼 뭉개진 것뿐""흘러내린 얼굴")
은 화자가 환상에 접어들었음을 표시하는 이미지이자
단단한 고체 상태의 무언가를 녹여 경계를 흐리는 이미
지로 나타난다.
　본래 고대 그리스극에서 배우들이 쓰는 가면을 의미
했던 '페르소나'는 예술가의 또 다른 자아를 가리키는 말
로 통용된다.「숨기는 옷」에서 화자가 '옷'을 통해 변신

한다면, 「원더랜드 페르소나Wonderland Persona」에서 화자는 "우리가 모르는 우리의 얼굴"이라는 가면을 쓰고 환상 속 세계를 누빈다. 이때 "우리가 모르는 우리의 얼굴"은 맨 얼굴을 가리는 허구적인 가면을 의미하지 않는다. 진실한 얼굴은 가면 뒤에 있는 것이 아니며("진실엔 표정이 없다는 생각"이라는 구절을 이러한 의미로 읽어볼 수 있다), 시시각각 '나' 자신도 "모르는 표정"을 하고 무수한 "페르소나"를 갖게 되는 것이 차라리 '나'의 '진짜' 얼굴이기 때문이다. 이린아의 시에서는 진짜와 가짜, 혹은 현실과 환상 간의 명확한 경계가 사라지는 장면들을 쉽게 찾아볼 수 있다. "아주 쓸데없거나 너무 시끄럽거나 하여간 철저한 망상들"은 현실에선 아무 의미 없는 무용한 것에 지나지 않는 것처럼 보일지라도, 바로 이러한 망상과 환상이 현실의 '나'와 '우리'를 바꾸어놓고 "원더랜드"로 들어가는 입구를 만든다.

　이린아의 시가 전반적으로 연극적이라는 느낌을 주는 것도 위와 관련되어 있다. 시집에는 다양한 페르소나와 목소리를 지닌 화자들이 등장하고, 독백적 진술로 이루어진 시들도 특징적이다. 이러한 연극적인 자아는 음악인을 겸하는 시인의 개인적 이력과도 무관하지 않을 것이다. 무엇보다 이 시집의 연극적 특성은 시적 주체의 수행성performativity에 있다. 시인에게 '시'라는 장소는 다른 '나'가 되는 일종의 무대로, 이 무대 위에서 시인은 새로운 옷을 입고, 새로운 가면을 쓰고, 자기도 모르는 무언가가 되어간다.

「최초의 공연」「여름 공연」「분장실」「풍선 부는 사람」「수레 무대」등은 그러한 퍼포머로서의 정체성이 드러나는 시다.「분장실」에서 화자는 "인중을 늘이고/눈썹을 치켜드는/나를 마음껏 내려다보는 일"을 겪고, "엄마들의 배 속에서는/밖으로 뛰쳐나오는 역할들이 있"다며 "빨강 보라 분홍"색으로 "나를 다시 그려내는 일"은 화자에게 태생적인 일인 것처럼 그려진다.

마찬가지로「최초의 공연」에서 '무대'는 인위적으로 만들어진 것이 아니며 자연 그 자체가 무대로 인식된다("커다란 바위의 구석이나/선인장 가시의 끝,/함부로 분간을 갖고 노는/나뭇가지는 최초의 무대였을 거야/그건 음악이 깃든 가지와/그 위에 앉은 새로부터 탄생했을 거야"). 이린아의 시에서 진짜와 가짜, 현실과 환상이라는 이분법을 허무는 일은 자연과 문화라는 대립 항을 허무는 일과도 겹쳐 있음을 알 수 있다. 이린아의 시에서 무대는 삶 자체의 은유로 여겨지는 것이다.

이때 "소리를 지르고 팔을 흔들고/물건을 던지고, 그 물건 뒤로 달아나는/주목은 숨는 것과 같아"나 "배역을 벗어나선 안 돼/혐오는 방백의 독백이고/애도는 최초의, 유일한 관중이었을 거야"와 같은 구절은「숨기는 옷」과 함께 읽으면 좀더 구체적인 맥락에서 감상할 여지가 생긴다. 젠더 이분법을 허무는 퀴어한 수행에 따르는, 관심과 혐오라는 양가적 반응을 암시하는 것으로 해석될 수 있기 때문이다. 자기 존재의 증명을 위해 가시화되어야 하지만 그 가시화는 "화살"과 같이 꽂히는 상처를 감수할 것을 요구한다("밤이 할퀸 곳만 벌겋게 쓰라려서" "조명을 쏜다는 말,/그건 화살에서 빌려 왔을 것이므로"). 또한 이는 아무에게도 이해받지 못하는 고독을 감수하는 일이기도 하다("나는 관객이 없는 가수가 되거나/음역을 갖지 못한 악기의/연주자가 될 것 같다는 생각을 어렴풋이 했다", 「양동이」). 그럼에도 "배역을 벗어나선 안" 되는 까닭은 그 배역이 외적 강제로 주어진 것이 아니라 '나'의 존재 증명을 위한 필연적인 일이기 때문일 것이다.

물고 물리는 동행

'무대'라는 공간은 동물원이라는 공간으로 변주되어 등장하기도 한다. 「동물원」에서 화자는 창 안에 전시된 동물로서 말한다. "전혀 의도되지 않았으나" "우스꽝스러운 흉내들로" 의도된 동물 화자는 다른 이들 앞에서 배역을 수행하는 배우의 모습과 겹친다. "어른들"로 표현된 인간들은 화자가 무엇인지 설명하는 "표지판"을 읽고, 화자는 인간에게 포획되어 네 발로 "반의반만 도망칠 수 있"다. 여기서 배우와 동물원 안의 동물은 다른 이의 시선이 행사하는 힘에 노출되어 있다는 공통점을 갖는다. 이러한 타자의 존재로 인해 화자는 상처 입거나 고통받기도, 정체성에 제약이 가해지기도 한다.

　무대가 관객의 자리를 전제할 수밖에 없는 형식이듯, 이린아의 시에서 '나'의 출현은 타자와의 관계 안에서 비로소 가능한 것으로 암시된다. 「생식―호문쿨루스 Homunculus」는 '호문쿨루스'를 소재로 한 시다. "'작은 인간'이라는 뜻. 17세기 정자론자들은 정자의 머리 안에 장차 사람으로 자라날 완전한 작은 개체인 호문쿨루스가 들어 있다고 주장했다"라는 각주의 설명처럼, '호문쿨루스'는 생식과 개체 발생 원리가 과학적으로 규명되기 이전 개체 형성을 설명하기 위해 고안된 형상으로 알려져 있다. 이 시는 정자(호문쿨루스)에게 말을 거는 형식으로 되어 있으며, 생식(수정) 과정을 형상화하고 있는 것으로 보인다. "생식,/살아서 뱉고 들이켜는/관계술" "거절이 쌓여 벌어진 나는/밀어낸 변명" "너도 나도 들어갈 수 없어 언젠간 멸망해야 하는 태생의 오류들"과 같은 구절에서 알 수 있듯 시에서 "생식"은 "관계술"에 유비된다. 화자는 수정되지 못한 정자, 즉 "언젠간 멸망해야 하는 태생의 오류"로 자신을 인식하며 존재 의미를 찾지 못해 자기혐오에 빠진 상태를 보여준다. 화자와 '엄마' 간의 관계가 절취선이라는 이미지에 빗대어지는 「절취선」에서도 마찬가지로, "나는 절취선에서 나왔지만/다시 절취선을 열고 들어가려 했다"라며 자신이 태어나지 말았어야 한다는 자기부정의 감각이 나타난다.

이처럼 이린아의 시에서 '무대'라는 공간은 역설을 품고 있는 듯하다. 그곳은 단독적이고 고유한 '나'로서의 존재 증명을 위한 공간이면서도 동시에 타자가 장악하고 있는 공간이어서, 그 관계망 속의 '나'는 타자로부터 상처받을 수 있음에 노출되어 있으며 그로부터 벗어난 '나'란 기실 허구에 불과하다는 것을 보여주기도 한다. 이린아의 시에서 "배역을 벗어나선 안"(「최초의 공연」)된다는 의지와 "도망"(「동물원」)치고자 하는 의지라는, 두 가지 상반되는 의지가 발견되는 것도 이러한 역설과 관련되어 있을 것이다. 타자들에 둘러싸여 무대 위에서 매번 다른 가면을 쓰고 등장하는 '나'는 정말 오롯이 '나'일 수 있을까? 과연 이 무대를 벗어나는 것이 가능할까? '나'에 대해 긍정하면서 이 무대 자체도 긍정하는 일이 동시에 어떻게 가능할까?

「도그 바이트Dog Bite」는 이러한 무대의 역설을 푸는 하나의 열쇠가 될지 모른다. 이 시에는 타자와의 관계성이 흥미로운 이미지로 구현되어 있다. "개가 사람을 물었다 사람이 개를 물었다 개가 사람의 그림자를 물었다 사람의 그림자가 개 짖는 소리를 물었다 개 짖는 소리가 사람을 물었다"라는 구절로 시작되는 이 시는 개와 사람이 뫼비우스의띠처럼 맞물린 관계를 문장의 연쇄를 통해 형상화한다. '물다'라는 행위를 통해 연결된 개와 사람의 관계에서 "누가 먼저이고 누가 늦었는지는 상관없"어지며, 주체와 객체의 위상 역시 전도된다("주어와 목적어가 뒤바뀌어도 상관없는 행동은 어디에 있습니까?"). '개'와 '사람' 간의 이러한 관계는 동물과 인간의 관계에 대한 것으로 확장해 읽을 수도 있다. 「동물원」에서 화자가 창 안의 동물과 바깥의 인간 사이 자리바꿈을 시도했듯 이린아는 이러한 관계의 형상을 통해 동물과 인간 간의 안팎이나 우열, 주객 관계를 허물고자 하는 것처럼 보인다. 그런데 우리가 사용하는 언어는 인간 중심적인 사고로 짜여 있어 이를 벗어나려면 인식의 한계를 벗어나야 하기 때문에 시인은 이렇게 쓴다. "*언어를 이해하는 기능이/완전히 망가진 사람들만 이해할 수 있는 행동들*"은 "*물고 물리는 동행이 필요*"하다고 말이다.

이 "*물고 물리는 동행*" 관계가 우리의 존재 조건을 설명해줄 수 있을까. 성적·계급적 지배 권력이 교차하며 주체화되는 소수자의 존재론에 관한 에세이를 남긴 디디에 에리봉의 말을 떠올려본다. 그는 "우리가 누구인지를 스스로 다시 표명하는 일은 무無로부터 출발하지 않는다"라고, "우리는 자기 정체성을 주조하기 위한 느리고 인내가 필요한 작업을, 사회질서가 우리에게 부과했던 바로 그 정체성으로부터 수행해간다"[2]라고 말한다. 따라서 모욕과 수치심에서 해방되는 일은 불가능하며, "살짝 이동하고 옆으로 한 보 옮겨 편차를 만들어내는 행위"[3]를 할 수 있을 뿐이다. '나'가 출현할 수 있었던 것이 바로 '나'에게 모욕과 수치를 안겨준 사회적 토대 때문이었다는 사실은 '나'와 타자가 맞물린 "물고 물리는 동행" 관계를 잘 보여준다. 에리봉의 말을 조금 더 인용해보자. 그는 이러한 토대(이린아의 시에 대입해 말해보자면 '무대')로부터 벗어나는 것이 불가능하다고 말하면서도 단지 예속적인 상태에 머무를 것을 주장하지 않는다. 그는 불가능한 전복이나 해방을 꿈꾸는 대신 타인이 우리에게 부여한 것을 통해 자기 자신을 만들어나가는, "자기에 대한 자기의 작업으로서 수행의 원칙"[4]을 제안한다. 어쩌면 이린아의 시에 나타난 무대 위 수많은 '나'들 역시 "사랑도 해야 하고 전쟁도 해야 하"는 "달팽이"(「숨기는 옷」)가 되어 이러한 수행을, "느리고 인내가 필요한 작업"을 하고 있는 것이 않을까. 이제 그의 시가 보여주는 "수행의 원칙"은 자기혐오와 부정을 넘어, '나'를 출현시킨 관계적 토대로부터 긍지와 연대의 원천을 발견하는 일로 나아간다.

2 디디에 에리봉, 『랭스로 되돌아가다』, 이상길 옮김, 문학과지성사, 2021, p. 256.
3 같은 책, p. 258.
4 같은 쪽.

에로스의 생태학[5]

할머니에게 성별은

먹이를 찾는 일이에요

열대지방에 사는 오리에겐 성별이 없죠

또 할머니에게 성별은 부끄럽지도 않게 트림을 하는 일

과 같아요

나는 속옷도 입지 않은 채

아빠의 영법으로 헤엄을 치곤 했어요

남자의 깃털이 화려할수록 여자의 깃털은

풀이나 갈대 같은 보호색을 띠는 일이 전부래요

[⋯⋯]

번식기가 지나면 아빠의 깃털도

뱀처럼 바위의 틈이나 물결을 닮지요

그럴 때 엄마의 깃털이 화려해지면 얼마나 좋겠어요?

뱀이 오래된 돌담이나 바위의 틈, 물결을 닮았다면

5 Pattrice Jones, "Eros and the Mechanisms of Eco-Defense",
   Ecofeminism(Second edition), ed. Carol J. Adams and Lori Gruen,
   New York: Bloomsbury Academic, 2022, pp. 123~38. '에로스의 생
   태학'이라는 표현은 해당 글의 소제목("Steps to an ecology of eros")
   에서 따왔다.

뱀은 그 틈보다 물결보다
늦게 태어났다는 뜻이에요
새의 앞가슴이 숲과 닮았다면
새는 분명히 숲보단 늦게 태어났겠지요

보호색이 생기기까지
뱀의 가죽과 새의 앞가슴은 어디에 있었을까요?

엄마의 보호색은 점점 침침해져가고
나는 나의 물갈퀴가 뭉툭해질 때까지 헤엄을

누가 누구를 보호 하냐고 묻는다면
성별은, 없어져가는 중이에요

　　　　　　　　　　　　——「엄마는 날지 못하고」 부분

　「엄마는 날지 못하고」는 동물 화자가 등장하는 시 중 하나로, 퀴어한 생기로 차 있다. 가령 암수 구별이 없는 열대지방의 오리와 같은 동물들은 성별에 대한 이분법적 관념이 얼마나 '인간적'인 것인지를 보여준다. "속옷도 입지 않은 채/아빠의 영법으로 헤엄을 치곤 했"던 화자의 모습이나 "남자의 깃털이 화려할수록 여자의 깃털은/풀이나 갈대 같은 보호색을 띠"다가 "번식기가 지나면 아빠의 깃털도/뱀처럼 바위의 틈이나 물결을 닮"는

다는 구절도 마찬가지로 이분법적 성별 규범이나 성 역할이 통용되지 않는 양상을 보인다. 성장이 성체로서 남녀로서 성적 특징을 띠어가는 과정이 아니라 오히려 "성별은, 없어져가는 중"일 수 있다는 것을 보여주는 동물들도 있다. 또한 "할머니에게 성별은 부끄럽지도 않게 트림을 하는 일과 같"다는 구절을 통해 수치심을 불러일으키는 성별화된 규범이 탈각되고 성별이 트림을 하는 일과 같이 '자연'스러운 것으로 여겨지고 있음을 알 수 있다.

보통 퀴어함과 자연스러움은 서로 배치되는 것으로 간주된다. 이 경우 자연스럽다는 말의 의미는 다수인 것, 인간적인 것, 관습적인 것, 규범적인 것에 가깝다. 성별 이분법이나 이성애가 자연스러운 것으로 여겨질 때, 퀴어함은 자연 질서에 반한다는 이유로 배제되고 억압되어왔다. 하지만 패트리스 존스가 지적한바, 비인간 자연 세계에서 나타나는 동물의 성적 특징이나 행위는 성별 이분법이나 이성애 규범성의 틀로 포착되지 않는 퀴어한 다양성을 보여준다.[6] 이린아의 시 역시 성별 이분법이 자연스러운 것이라는 인간적인 관념을 해체하고 기실 자연이 얼마나 퀴어한 공간인지 보여준다.

---

6 패트리스 존스는 젠더 고정관념이나 이성애, 유성생식에 한정되지 않는 다양한 섹슈얼리티와 젠더 표현, 성적 실천 등을 자연 세계에서 발견한 연구들을 소개한다. 같은 글, pp. 123~24 참조.

자연의 다채로운 생기는 다음과 같은 방식으로도 드러난다. 「돌의 문서」에서 무생물인 돌은 한낱 단순한 물질도, 문명이나 역사가 침투하지 않은 순수한 자연물도 아니다.[7] 돌은 "무수한 진술이 기록되어 있"고 "짐승의 발자국부터 풀꽃의 여름부터 순간의 빗방울까지 보관되어 있"는 "가장 오래된 증인이자 확고한 증언대"로서 다른 자연물과 얽혀 있으면서도 역사를 지닌 존재다. 얼핏 보면 돌을 의인화하여 인간의 목소리를 부여하는 것으로 읽힐 수도 있지만, 시를 자세히 들여다보면 그보다는 돌 자체의 물질성과 역사에 주의를 기울이게 된다("인간이 아직 맡지 못하는 숨이 있다면 그건 돌의 숨이야. 오래된 공중을 비상하는 기억이 있는 돌은 날아오르려 점화를 꿈꾼다는 것을 알고 있어." "단단하고 매끈한 곁을 내주고 스스로 배회하는/돌들의 꿈/좋은 것도 나쁜 것도 없이 굴러다닌 거야"). 돌은 그 자신의 기억과 몽상, 역사의 주체로 그려지는 것이다.

「코끼리」에서도 코끼리는 "오래된 기억"을 가진 존재로 그려진다. 이 기억은 "죽을힘을 다해 비명을 지를 수

---

7 나는 「돌, 퀴어, 언어」(『현대비평』 2023년 봄호)에서 자연과 문화의 이분법을 해체하려는 근래 물질적 전회의 사유를 거치며 '돌'이 여러 예술 작품에서 순수한 자연이라는 환상 속 공간을 벗어나 어떻게 서로 다른 방식으로 행위성을 발휘하는 존재로 형상화되는지 살핀 바 있다. 이린아의 「돌의 문서」도 그러한 작품들과 견주어볼 수 있을 듯하다.

있는 오래된 기억"으로, 인간에 의한 포획이나 학대 등과 관련되어 있다("작은 상자의 7일, 둔중한 막대기의 70시간, 날카로운 꼬챙이의 70리, 단단한 쇠사슬의 7백 리 속에서 뒤로 걷는 법, 따끔거리는 막대기"). 그런데 이 시에서 코끼리는 폭력과 학대의 희생자로만 그려지는 것이 아니라 "오래된 기억을 길게 가지고 놀" 줄 아는, "자신의 비명을 영영 잊지 못"하지만 동시에 "따끔거리는 막대기가 자신의 상아보다 더 작다는 걸 잊어버리는, 주춤거리는 놀이"를 하는 동물로 그려진다. 그럼으로써 시인은 코끼리의 훼손되지 않는 존엄과 능동성을 표현한다. 돌의 기억이든 코끼리의 기억이든, 이는 (인간의 것과 유사한) 지적 능력으로서의 기억력을 의미한다기보다는 각각의 삶의 역사를 의미하는 것으로 보는 편이 더 적절하다. 사물과 동물의 '기억'은 이처럼 자연 세계의 생동성과 행위성을 드러내는 방식 중 하나로 나타난다.

이때 「비가 오기 전 춤을 추는 새」는 기억이 자기 정체성과 관련되어 있음을 명시적으로 보여준다. 기억은 자기 몸에 새겨지는 것이자 자기 정체성을 구축해가는 데 필요한 능동적인 과정이라는 것이다("나는 인간이 자신의 신체 능력을 정할 수 있다고 믿어요. 이건 선천적인 것들에 대한 잔인한 비평은 아니에요. 내가 말하려는 건, 정말로, 자기 몸에 어떻게 받아들일지 어떤 것도 자기 몸에 어떻게 받아들일지 모두 자기 자신만 결정할 수 있다는 거예요.//가령 내 목을 조르던 그 자식이나 아픈 강아지 앞에서 조심스레 무릎을 꿇던 그 자식이나 내가 함부로 나의 몸에 어떻게 그것을 기억할지 결정하지 않으면 안 된다는 거예요. 그렇다면 그건 비가 오려다 만 춤처럼 이상한 자세가 될 게 뻔하잖아요?"). 시인은 타자와 뒤얽힌 "물고 물리는 동행"(「도그 바이트Dog Bite」) 관계에서 소수적 존재로서 경험하게 되는 수치와 모욕, 폭력의 굴레에 함몰되지 않기 위한 자기 주체화 과정에서 '기억'의 중요성을 강조한다. 무엇을 어떻게 기억하는가의 문제는 "자기 몸에 어떻게 받아들일지 어떤 것도 자기 몸에 어떻게 받아들일지" "자신의 신체 능력"을 정하는 일, 즉 내가 어떤 존재이며 무엇을 할 수 있는지와 직결된 것이다.

관련해 이린아의 시에서 비인간 화자가 등장하거나 동물이나 식물 되기의 상상력이 나타나는 것은(「무릎에서 민들레가 자라면」 「꼬리 언어」 「코끼리」 등) 위와 같이 다른 비인간 존재들의 삶과 역사에 감응하고 연결됨으로써 가능해진다고 볼 수 있다. 그의 시에서 인간의 몸은 단일한 고유성이나 독립적인 개인의 경계를 표시하는 것이 아니라 다른 몸들과 연결되고 확장됨으로써 변화해나간다. 자기 수행의 원칙이 긍지와 연대로 나아갈 수 있는 것은 인간으로서의 한계를 벗어나 더 많은 비인간 존재와 연결되며 다른 '나'로 변화하는 모습을 보여주기 때문일지 모른다.

시인은 「귀신같은, 귀신같은」에서 '나'의 정체성, 즉 '나'는 무엇인가라는 물음에 대한 답으로 읽히는 다음의 문장을 쓴다. "나는 사랑하는 사람입니다/당신이 어떻게 물어보아도 나는 그렇게 대답할 것입니다". 사랑은 "빨대와 너덜너덜해진 레몬 슬라이스 한 조각만 남은 빈 유리잔처럼", 시 제목 속의 "귀신"처럼, 있는 듯 없는 듯 배경처럼 '당신'의 주위를 흐른다. 정확히는 특정한 '상태'에 가까울 사랑은 '나'가 경계 너머 '너'에게로 건너가고 연결되는 감각을 뜻할 것이다. 이 에로스는 '나'와 타자, 종간의 경계도 넘어서는 힘이다. 패트리스 존스가 좀더 퀴어하고 평등한 생태적 연결망을 구축하는 에로스의 힘을 강조했던 것처럼, 고통과 자기부정을 넘어서는 에로스는 이린아의 시 세계에서 더 많은 존재와 연결되는 힘으로 확장된다.

이 연결망을 형상화하는 이미지 중 하나로, 긴 팔을 내뻗고 감싸 안는 영장류가 등장하는 「영장류처럼 긴 팔을 사랑해」를 읽어본다. 진화론적으로 영장류는 인간과 동물 간의 가까운 친족성을 증명하는 분류군이다. 그런데 이 시에는 "죄를 사해달라고" "고래고래 소리를 높여 회개"하는 영장류와, 울부짖는 이를 위로하듯 팔을 내뻗는 다른 영장류가 있다("내 손이 닿은 너의 등뼈는/평평 울고 있겠지"). 이 심연을 어떻게 건널 수 있을까. 이린아의 시는 그 심연이 주는 슬픔에 빠져 있지만, 동시에 이

렇게도 말하는 것 같다. 자신의 '긴 팔'을 내뻗으며, 인간
과 동물 사이에 원죄처럼 새겨진 깊고 오래된 심연을 건
너려 하는 존재가 있다고. 그리고 그 긴 팔의 사랑이 만
드는 장면은 아래와 같이 아름답지 않으냐고.

버드나무와 용감한 늪과

넓은 모래밭이 있는 곳으로 가자

조개와 물새와 잎새가

부푼 내 배 속을 휘저으면

한껏 불어난 날개가 너의 팔이라고 착각할게

모래가 저희들 사이로 몸을 숨기듯

긴 팔을 한걸음 떼고 있겠지

너의 척추가 하나둘 벌어지는 순간으로

팔꿈치를 구겨 넣을 거야

—「영장류처럼 긴 팔을 사랑해」부분 ▨